자기만의 방

A Room of

One's Own

버지니아 울프
이미애 옮김

자기만의 방

A Room of One's Own

버지니아 울프

추천의 말

우리에게는 자기만의 방이 있다

이민경(페미니스트)

단어로, 어절로, 완전한 문장으로, 말이 순서 없이 차오르는 순간이 있다. 자주 오지 않지만 언제나 예고 없이 찾아오는 순간을 맞을 때면, 뭉근한 수프를 휘젓는 마음으로 하염없이 걸었다. 이번에는 수프를 한 솥 가득히 끓여 낼 수 있기를 바라면서. 솥이 늘 차는 건 아니었다. 새카맣게 타거나 깨끗이 비어 버린 솥 바닥을 망연하게 바라보는 일이 더 많았다. 완성된 수프를 퍼 올릴 딱 알맞은 때를 포착하려면 끝까지 눈을 떼지 않아야 했다. 그래서 기회가 올 때면 바깥의 어떤 것도 섞여 들지 않도록 입을 닫았다. 그리고 또 걸었다. 방에 들어와서는 문을 닫아걸었다. 그렇게 두서없이 떠오른 말들을 붙잡아 글로 적어 내는 데에 성공했을 때마다, 나는 언제나 『자기만의 방』을 떠올렸다. 자기만의 방과 일 년에 500파운드의 수입…….

자기만의 방과 일 년에 500파운드. 버지니아 울프는 여성이 픽션을 쓰려면 이 두 가지를 얻어 내야 한다고 생각했고, 또 그러기를 바랐다. 셰익스피어와 똑같은 재능을 가지고도 이름 없이 생을 마감했을, 수없이 존재했지만 아무것도 남기지 못하고 아무렇게나 묻혀 버린 채 잊힌 누군가의 누이를 상상하며 말했다. 그 이름 모를 누이가 백 년 후에는 부디 부활할 수 있기를 기대하며, 두 곳의 여자 대학에서 훗날 『자기만의 방』이라는 에세이가 될 강연문을 낭독했다. 약 백 년 전의 일이다.

그리고 어떤 일이 있었는가? 울프가 강연을 할 당시의 여학생들은 학교에 다녀도 학위를 취득할 수 없었으나 이제 여성이 대학에서 학위를 받는 것쯤은 신기하지 않은 일이 되었다. 수많은 여성이 그 뒤로도 이름 없이 사라졌지만 적어도 버지니아 울프만은 아무렇게나 묻히지 않았다. 단지 여성이라는 이유만으로 결코 출입할 수 없었던 그는 모든 도서관에 자신의 이름을 남겼다. 너무 사적이고 너무 사소하고 너무 여성적이라서, 결국 남성이 아니라서 그를 못마땅하게 여기는 이들마저 어쨌든 인정할 수밖에 없는 위대한 작가가 되었다. 강연 말미의 소망대로, 여성 작가만으로 채워진 서가가 이제 몇 개나 더, 아니 몇 배로 생겨났다. 심지어 지난 2015년의 노벨 문학상은 여성의 목소리만을 담아낸 여성 작가에게 돌아갔다. 당대 사람들이 이 강연 정중앙에 선명히 새겨진 정치적인 선언을 읽어 내지 못한 까닭에 가벼운 한담으로 치부되었다던 『자기만의 방』. 그것이 기다린 백 년 뒤의 우리는, 이렇듯 현실로써 화답한다.

『자기만의 방』에서 그랬듯이, 모든 페미니스트는 자신이 딛고 선 삶의 틈바구니에서 또 다른 삶을 퍼 올린다. 때로는 아직 오지 않은, 때로는 언제 왔는지도 모르게 사라져 버린, 어떤 여성 혹은 바로 자기 자신의 삶. 자기만의 방을 가지거나 가지지 못했거나 여성은 쉼 없이 상상했다. 각자가 피워 올린 허구에 현실이 화답하는 일이 과연 찾아올지, 만약 그 순간이 찾아온다면 언제일지, 그건 아무도 알 수 없지만 하나만큼은 분명하다. 우리의 삶은 누군가의 허구에 빚진다. 버지니아 울프 자신의 삶 역시 그랬다.

버지니아 울프가 여성에게 필요한 돈의 액수를 일 년에 500파운드라고 말한 건 자기 자신이 매년 그 이상의 재산을 상속받았기 때문이었다. 강연을 한 시기는 영국에서 여성이 자신의 이름으로 재산을 가질 권리와 투표할 권리를 이미 얻어 냈을 무렵이었다. 만일 울프가 사는 동안 여성이 여전히 자기 몫의 재산을 가질 수도, 제 손으로 투표할 수도 없었더라면? 그래서 최소 500파운드의 돈을 직접 만져 본 적이 없었다면? 초라한 재정 상태로나마 여성을 위한 대학이 존재하지 않았더라면? 우리가 자기만의 방을 갖는 날이 어떻게든 왔다고 할지라도, 자기만의 방을 드디어 갖게 된 각자의 순간마다 버지니아 울프의 이름을 되뇌는 일은 없었으리라.

여자도 투표할 수 있다면, 여자도 자신의 재산을 가질 수 있다면, 여자도 배울 수 있다면. 지금으로서는 너무나도 당연해서 황당하기까지 한 이 가정은(놀랍게도 세계 각지엔 이 모든 것이 여전히 '가정'인 상태로 남아 있는 곳이 많다!), 과거엔 다른 의미로 황당했다. 이 중 어떤 것도 허용되지 않았던 시대는 숨이 막힐 정도로 대단히 가까운, 바로 얼마 전의 과거였다. 그때를 살아 내며 '버지니아 울프'라는 황당한 꿈을 꿨을 무명의 누군가는 얼마든지 있었으리라. 글을 읽고, 쓰고, 익명이나 가명이 아닌 자신의 이름으로 된 소설을 발표하고, 강단에 서고, 수입을 갖고, 여학교에서, 여학생을 위해, 자기만의 방을 가진다는 것이 어떤 느낌인지 당당하게 말해 줄 여성이 나타나기를 기대하고, 미래의 모든 딸들이 부디 자기를 딛고 살아남기를 바랐을 누군가 말이다. 자기만의 방과 돈을 가져야 한다는 주장에 힘을 실어 준 것은 그 주장이 마냥 허무맹랑하지는 않다고 믿었던 그 누군가와 그들이 열어젖힌 새로운 시대였다. 울프가 버려지듯 묻힌 셰익스피어의 누이를 떠올렸듯, 나는 오랜 버릇처럼 '버지니아 울프'라는 허구를 그리며 새 시대를 만든 이름 모를 이의 얼굴을 떠올려 본다.

당신이 바라던 대로 이제 우리에게는 자기만의 방과 고정적인 수입이 생겼다. 시를 쓰는 여성도 아주 많아졌다. 원할 때 맛있는 것을 먹고, 원하는 곳에 가고, 여자가 책을 읽는 일이 더 이상 비밀이 아니고, 드디어 여성이 자신의 성별에 구애받지 않고 역할을 소화하는 영화까지 나왔다! 상상 속의 나는 그의 무덤을 찾아 자랑스럽게 말한다. 그러나 이내 그를 붙들고 악다구니를 쓰며 운다. 사실 당신이 강연을 하던 날과 오늘은 어디 하나 달라진 게 없고, 여성은 아직도 남성을 비춰 주는 거울일 뿐이고, 열세 명의 아이를 낳으며 허리조차 펼 수 없는 고된 일에 시달리는 여성이 헤아릴 수 없이 존재한다고 외치면서 말이다. 하지만 주저앉기 직전까지만 운다. 엄밀히 말하면 울프가 기약한 백 년이라는 기한까지 십여 년 정도가 남아 있는 셈이니, 나의 삶이 언제 시작됐을지 모를 이 기나긴 여정의 종착지라고 감히 여길 수 없다.

아직 갈 길이 멀다. 지금 우리는 누군가의 바람대로 참정권, 재산권, 교육권을 보장받았으나 여전히 수많은 질문에 속 시원히 대답하지 못하고 있다. 진학할 학교를 고를 때, 통학 거리와 사는 곳에 상관없이 가장 좋다고 생각한 곳을 선택했는가? 학업을 이어 가겠다는 결정을 할 때, 학업 외의 이유로 만류당한 적은 없는가? 독립해서 살겠다는 결심은 어떤 마찰도 없이 이루어졌는가? 또 독립했을 때, 같은 직장에서 동일한 기간만큼 일한 남성과 똑같은 크기의 방을 얻을 수 있었는가? 여느 방보다 크고 싼 데다 쾌적한 환경이지만 만약 가로등 하나 없는 골목길 끝에 위치해 있는 집이라면, 고민 없이 선뜻 계약할 수 있는가? 혹시 결혼했을 때, 퇴근하고 집으로 돌아와서 남성과 똑같은 시간만큼 쉴 수 있는가? 스스로 돈을 벌어 원하는 데에 쓸 때, 심지어 커피 한 잔을 마실 때조차 자신의 소비가 허튼짓은 아닐까 하고 생각해 본 적 있는가? 소설을 발표한 여성 작가에게 '여류 작가의 한계를 뛰어넘었다.'라는 말을 칭찬으로 사용하고 있지 않은가? 여행을 떠나고자 할 때 원하는 목적지까지 가지 못할 이유가 있는가? 한밤중의 공기를 만끽하며 생각하고 싶은 것을 떠올릴 수 있을 때까지 언제까지고 걸을 수 있는가? 그리고 우리는 과연 미래의 누군가가 우리에게 빚질 만한 픽션을 쓰기에 충분한 조건을 갖추었는가?

아니, 우리를 방해하는 건 어디에나 있다. 독립하려면 독립해야만 하는 이유는 물론 신변의 안전 대책까지 항변해야 하고, 남성과 똑같은 일을 해도 구할 수 있는 방의 크기는 더 작다. 그런 와중에도 가격을 차치하고 고려해야 할 점이 너무도 많다. 남성과 함께 살게 되면 노동을 마치고 집으로 돌아와서도 다시 노동을 해야 하므로 더 일찍 일어나고 더 늦게 자야 한다. 정당히 노동을 해서 번 돈을 원하는 데에 쓸 때조차 나의 소비가 사치나 허영의 산물은 아닌지 스스로 검열한다. 여행하고자 할 때에도 여럿이 함께, 안전해 보이는 곳에, 적당한 기간 동안 다녀오는 게 아니라면 누가 됐든 길게 설득해야 한다. 그리고 아내 혹은 엄마가 아닌 채로 글을 쓰며 살겠다고 선언할 때에는, 도저히 그렇게 살 수밖에 없는 자신의 운명을 뛰어난 재능으로 증명해야만 한다.

그래도 여성은 자유로워졌다. 울프가 강연을 하기 이전에는 은행과 투표소에, 그 이후에는 도서관과 성당에 여성이 홀로 출입할 수 없도록 세워져 있던 벽은 결국 무너졌지만 결코 사라지지는 않았다. 무너진 벽의 파편들은 사람들의 마음속으로 들어가 눈에 띄지 않는 울타리로 재구성됐다. 이제 무엇이든 할 수 있고 철저히 자유로운 여성이, 혹시나 까먹고 놓쳐버렸을 '행복'으로 부드럽게 인도하는 상냥한 울타리. 세상은 여성에게 '특정한 삶'을 요구하고 그 테두리 바깥으로 비어져 나오면, 우선 가능한 한 밀어 넣고 본다. 정 안 되겠다 싶을 때엔, 우리에게도 방법이 있긴 하다. 마땅히 걸어가야 할 삶의 궤적, 그 테두리에서 이탈하겠다는 '나'의 결정이 얼마나 정당하고 절박한지, 내 안에 빼곡히 들어찬 울타리를 지키고 선 양치기나 거대한 타인에게 끊임없이 설명하고, 설득하고, 항변하면 된다. 울타리가 열리면 '정해진 길' 바깥으로 나설 수 있다. 제멋대로라는 비난과 원망, 거기로 나갔다가 실패하면 단단히 각오하라는 엄포가 발목에 줄줄이 따라붙지만, 여성이 갈 수 없는 곳은 이제 없다. 그러니 여성은 자유롭다. 오히려 '너무 자유로웠나?' 싶은 망설임과 자책을 동반한 외출을 마치고 자기만의 방으로 돌아오면, 나의 얼굴을 한 양치기가 먼저 들어앉아 있다. 상상을 글로 쓸 때면 당연한 듯 옆으로 와서 의자를 당겨 앉고 함께 읽는다. 타인의 시선이 내 안에 머무는 한 상상은 늘 검토되거나 때로 항변되고, 설명되고,

교정된다. 그런데도 여성은 완전히 자유로운가? 선뜻 답할 수 없다.

그러므로 또다시 상상한다. 양치기를 몰아낸다면? 나의 방에 오로지 나만의 시선이 머물 수 있다면? 나의 앞날을 위해 누군가가 진심을 담아 건넨 권유마저도 틈입할 수 없도록, 내 손으로 단단히 걸어 잠근 자물쇠의 보조 열쇠까지 강물에 던져 버린다면? 그리고 아무 이유 없이, 은근하고 분명하게 세워진 울타리를 모조리 부숴 버린다면?

나는 이제껏 울타리 밖으로 나갈 때마다 당연하게 구해 오던 허락과 그것을 위해 잘 마련한 근거와 애써 쌓아 올린 성취, 그 익숙하고 지난한 과정을 단숨에 뛰어넘어 마치 새로 태어난 것처럼 내달려 볼 것이다. 차갑게 감기는 밤공기와 좁다란 골목길에 대해 다시 쓸 것이다. 그러고 나서는 내가 입을 열기 전까지 가장 적막한 방으로 돌아와, 원하는 만큼 머물다 원하는 때에 나갈 것이다. 새로운 곳을 걷기 전에 새 구두를 사 신으며, 똑같이 일하고도 더 적은 돈을 손에 쥐었던 때를 한 번쯤 떠올릴 것이다. 울타리가 서 있던 희미한 자리의 안과 밖을 구별하며 설득할 가치를 재던 습관을 버릴 것이다. 그리고 서서히, 울타리가 처음부터 어디에도 존재하지 않았던 것처럼, 그 존재를 전부 잊을 것이다.

『자기만의 방』은 한결같이 상상을 말하는데, 나에게 그것은 페미니즘 그 자체다. 페미니즘은 상상 없이는 불가능하다고 나는 믿는다. 울프 이전에, 울프와 나 사이에, 어쩌면 그 이후에…… 지금까지 새로운 시대를 상상해 온 이들이 각자의 삶에서, 그 야트막하게 벌어진 틈에서 다른 삶을 기어코 피워 올리는 일을 멈춘 적은 다행히 단 한 번도 없었다. 그 틈을 넓히려면, 마음 안팎에 반드시 자기만의 방이 필요하다. 그리고 같은 일을 하고도 늘 덜 받아 왔던 돈도 제대로 받아 내야 할 필요가 있다. 진작 받아야 했던 만큼의 돈을 그 틈새에다 마중물로 부어야 한다. 새로 나온 책을 선뜻 구입해서 읽고, 궁금한 곳에 가 보고, 향기로운 차를 마실 때 상상은 축제처럼 풍성해진다.

'일 년에 한 번은 『자기만의 방』을 읽자.'라는, 작년에 남겨 둔 짤막한 결심을 내년에도 이어 갈 수 있게 되었다. 이번에는 언제 집어 들어도 오늘날의 일 같아서 기쁘고 서글펐던 『자기만의 방』이 더 이상 오늘의 이야기로 읽히지 않을 순간을 상상했다. 오직 상상만이 삶이 된다. 책 속에서 울프가 내게 전해 주었던, 여성이 학교에 다니거나 위대한 문인이 되거나 여성을 좋아한다거나, 하는 상상이 조롱을 자아냈던 시절이야말로 이제 내게 냉소를 머금게 하므로 마지막으로 한 가지 상상을 덧붙인다. 이 책이 현실을 말하는 데에 더 이상 유효한 예가 아니게 될 때쯤에는, 누구라도 기억하는 어제의 이야기가 되어 있을 것이다. 누군가가 '울타리를 부숴 버리던 날'의 이야기를 해 달라고 조르면, 미간을 찌푸린 채 벌써 잊어버린 억압과 구속의 감각을 한참이나 더듬어야 할지라도, "여성에게는 역사가 없다."라고 말했던 울프 본인의 존재가 나의 역사가 되어 준 순간만큼은 곧바로 떠오를 터다. 울프가 상상력 하나로 나를 어디까지 데려왔는지, 그리고 울프와 함께 걸어왔을 이들의 얼굴이 어떠했을지 함께 떠올려 볼 것이다. 여성이 여성에게 오롯이 말을 건넸던 자취를 많이 잃고 말았으니, 우리에게 『자기만의 방』이 남아 있다는 게 얼마나 다행스러운 일인지도 지치지 않고 말할 것이다. 그러니 이것이 아직도 오늘의 이야기일 때, 강단에 선 버지니아 울프의 모습을 바라보며 설레 했을 어느 여학생의 얼굴을 상상하며 『자기만의 방』을 읽자.

차례

1장

하지만 '여성과 픽션'에 대해 이야기하라고 했는데 내가 자기만의 방이라는 말을 꺼낸다면 도대체 그게 무슨 관련이 있느냐고 말하겠지요. 설명해 보도록 하지요. '여성과 픽션'에 대해 강연하라는 요청을 받았을 때 나는 강둑에 앉아 그 단어들이 무엇을 의미하는지 생각하기 시작했습니다. 그것은 그저 패니 버니에 대한 몇 마디 언급과 제인 오스틴에 관한 더 많은 논평, 브론테 자매에 대한 찬사와 눈 덮인 호어스 목사관[1]에 대한 묘사, 가능하다면 미트퍼드 양[2]에 대한 몇 마디 재담, 조지 엘리엇에 대한 경의에 찬 암시, 개스켈 부인에 관한 언급을 의미하고 또 그것으로 충분할 수도 있겠지요. 그러나 다시 생각해 보니 그 단어들은 그리 단순해 보이지 않았습니다. '여성과 픽션'이라는 제목은 여성과, 여성이 과연 어떤 존재인가를 의미할 수도 있고, 어쩌면 여러분은 그런 의미를 생

1 요크셔에 있는 브론테 가족의 집. — 옮긴이

2 메리 러셀 미트퍼드(1787~1855): 영국의 스케치 작가, 극작가, 시인. — 옮긴이

각하고 있었을 수도 있습니다. 아니면 여성과, 여성이 쓴 픽션을 의미할 수도 있지요. 혹은 여성과 여성에 관해 쓰인 픽션을 뜻할 수도 있겠지요. 또는 이 세 가지가 뒤섞여 있으므로 이 세 관점을 통틀어 이 문제에 접근하리라 기대했을 수도 있을 것입니다. 그러나 그중 가장 흥미롭게 보이는 이 마지막 방법으로 그 주제를 고찰하기 시작하자, 거기에는 치명적인 결함이 있다는 사실을 이내 알게 되었습니다. 나는 결코 결론에 도달할 수 없을 것입니다. 그러므로 강연자의 첫 번째 의무를 완수할 수 없으리라는 사실을 깨닫게 되었지요. 한 시간의 강연이 끝난 후 여러분의 공책 갈피 속에 숨겨진 채 벽난로 위 선반에 영원히 보관될, 순수한 진실의 알맹이를 전달해 주어야 하는 임무를 말입니다. 내가 할 수 있는 일이라고는 고작해야 별로 중요해 보이지 않는 한 가지 의견, 즉 여성이 픽션을 쓰기 위해서는 돈과 자기만의 방이 있어야 한다는 의견을 제시하는 것입니다. 그리고 앞으로 알게 되겠지만 이러한 견해로는 여성의 진정한 본성과 픽션의 진정한 본질이라는 크나큰 문제를 해결하지 못한 채 남겨 둘 수밖에 없습니다. 나는 이 두 가지 문제의 결론에 도달해야 할 의무를 회피했고 따라서 나에게 여성과 픽션이라는 주제는 해결되지 않은 문제로 남는 셈입니다. 그러나 어느 정도라도 이를 보완하기 위해서 내가 어떻게 방과 돈에 대한 이러한 견해를 가지게 되었는지 최선을 다해 보여 주겠습니다. 나는 이런 생각을 하게 된 사고의 궤적을 여러분 앞에 될 수 있는 대로 충실하고 자유롭게 개진할 것입니다. 아마도 돈과 방에 관한 나의 이 진술의 이면에 숨어 있는 생각이나 편견을 여러분 앞에 드러내게 되면, 그 가운데 어떤 것은 여성이라는 주제와 또 어떤 것은 픽션이라는 주제와 맞닿아 있음을 여러분은 알게 될 것입니다. 어쨌든, 어떤 주제가 상당한 논쟁을 불러일으키는 것일 때 (성(性)에 관한 문제는 어느 것이나 그렇지요.) 진실을 밝히리라고 기대할 수는 없는 일이지요. 다만 자신이 주장하는 견해를 어떻게 가지게 되었는지는 보여 줄 수 있을 겁니다. 그리하여 청중이 강연자의 한계와 편견 그리고 특유한 성격을 관찰함으로써 그들 나름의 결론을 이끌어 낼 기회를 줄 수 있을 뿐입니다. 이런 점에서는 사실보다도 허구가 더 많은 진실을 내포할 것입니다. 그러므로 나는 소설가로서의 모든 자유와 파격을 이용하여 내가 여기 오기 전 이틀 동안의 이야기, 다시 말해 여러분이 내 어깨 위에 올려놓은 주제의 무게에 짓눌려 그 문제를 숙고하며 일상생활의 안팎에서 내 견해를 이끌어 낸 과정을 여러분에게 말할 것입니다. 앞으로 내가 묘사하려는 것이 실재하지 않는다는 것은 말할 필요도 없겠지요. 옥스브리지는 가공의 대학이며 펀엄도 마찬가지입니다. 여기서 '나'는 실재하는 존재라기보다는 누군가를 뜻하는 편리한 가칭일 뿐입니다. 내 입술에서 거짓말이 흘러나오겠지만 아마 거기엔 약간의 진실이 섞여 있겠지요. 이 진실을 찾아내고 그중 어떤 부분이 간직할 만한 가치가 있는가를 결정하는 것은 여러분의 몫입니다. 가치가 전혀 없다고 생각한다면 여러분은 물론 이야기를 통째로 휴지통에 던져 버리고 전부 잊겠지요.

자, 그러면 나는 (나를 메리 비턴이나 메리 시턴, 또는 메리 카마이클, 아니면 여러분이 좋을 대로 아무 이름으로나 불러도 상관없습니다.[3] 이것은 전혀 중요치 않은 문제니까요.) 한두 주일 전 날

3 여기서 울프는 「네 명의 메리의 발라드」라는 영국의 옛 발라드를 언급하고 있

씨가 맑은 10월의 어느 날 어느 강둑에 앉아 생각에 잠겨 있었습니다. '여성과 픽션'이라는 주제, 온갖 편견과 격정을 불러일으키는 이 주제에 결론을 내려야 할 필요성 때문에 고개를 숙이고 있었지요. 오른쪽과 왼쪽에는 황금빛과 진홍빛이 어우러진 수풀이 불빛으로 달아오르다 못해 그 열기로 타오르는 것 같았습니다. 저쪽 강둑에는 버드나무들이 어깨에 머리칼을 늘어뜨리고 끊임없이 비탄을 토하고 있었고, 하늘과 교각과 타오르는 나무들이 강물 위로 제각기 반사되고 있었습니다. 한 학부생이 물 위에 비친 그림자 사이로 보트를 저어 지나가자 곧 그 그림자들은 아무 일도 없었다는 듯 다시 온전한 제 모습을 찾았습니다. 그곳에서라면 생각에 잠긴 채 스물네 시간을 계속 앉아 있을 수도 있었을 겁니다. 사색(실제 그 값어치보다 조금 더 당당한 이름으로 부르자면)이 그 낚싯대를 강물 속에 드리웠습니다. 그것은 몇 분간 물 위에 비친 그림자와 수초 사이에서 이리저리 흔들리며 물결을 따라 오르락내리락했지요. 마침내(아시다시피 미약하게 끌어당기는 힘이 느껴지자) 낚싯줄 끝에 어떤 생각이 갑작스럽게 응결되었습니다. 그래 그것을 조심스레 잡아당겨 살짝 펼쳐 놓았지요. 아아, 풀밭 위에 내려놓자 나의 이 사고는 얼마나 작고 하찮게 보였는지요. 사려 깊은 어부라면 언젠가 살이 더 붙어 요리해 먹을 수 있을 만큼 자라도록 다시 물속에 놓아줄 만한 정도의 물고기였습니다. 그 생각이 어떤 것인가 하는 문제로 지금 여러분을 번거롭게 하지는 않겠습

다. 이 노래에는 "어제저녁 왕비에게는 네 명의 메리가 있었지/ 오늘 밤에는 세 명밖에 없을 거라네/ 메리 비턴과 메리 시턴/ 메리 카마이클과 내가 있었지."라는 후렴이 나온다. 이 노래의 화자는 메리 해밀턴이며 왕과의 정사로 사생아를 낳아 사형에 처해지게 된 여성이다. — 옮긴이

니다. 하지만 여러분이 신중하게 살펴본다면 내가 이야기하는 과정에서 여러분 스스로 그 생각을 찾아낼 수 있겠지요.

그러나 비록 작고 보잘것없더라도 그것은 그 나름의 신비스러운 속성을 가지고 있어서 다시 마음속에 집어넣자 이내 아주 흥미롭고 중요한 것이 되었습니다. 치솟았다가 가라앉고, 여기저기서 번뜩이며 물밀듯 요동치는 그 사고의 격정 때문에 더 이상 가만히 앉아 있을 수 없었지요. 그리하여 나도 모르는 사이에 잔디밭을 가로질러 재빨리 걷고 있었습니다. 그 순간 웬 남자의 모습이 솟아올라 갑작스럽게 나를 가로막았습니다. 처음에는 와이셔츠에 모닝코트를 걸친 기묘해 보이는 그 물체의 몸짓이 나를 겨냥하고 있다는 사실을 알아차리지 못했지요. 그의 얼굴은 경악과 분노를 담고 있었습니다. 그 순간 나를 도운 건 이성보다는 본능이었지요. 그 사람은 교구(敎區) 관리였고 나는 여자였습니다. 이곳은 잔디밭이었고 인도는 저편에 있었습니다. 이곳은 대학의 특별 연구원이나 학자들에게만 허용된 장소였으며 내게 적합한 곳은 저 자갈길이었습니다. 이런 생각을 떠올리는 데는 채 한순간도 걸리지 않았지요. 내가 길로 접어들자 그 관리는 팔을 내리며 평상시의 평온한 표정을 되찾았습니다. 사실 걷기엔 자갈길보다는 잔디밭이 더 낫고, 그렇다고 잔디밭이 크게 손상된 것도 아니었지요. 이 대학이 어디건 간에 대학 연구원과 학자들에게 던질 수 있는 유일한 비난은, 삼백 년 동안이나 줄곧 물결치듯 펼쳐져 온 그들의 잔디밭을 보호한다는 구실로 내 작은 물고기를 숨어 버리게 했다는 사실입니다.

그토록 대담하게 잔디밭으로 침입하도록 나를 격동시킨 그 생각이 무엇이었는지 이제는 기억해 낼 수 없습니다. 평화의 정령이 하늘에서 구름처럼 내려앉았지요. 이 세상에 평화의 정령이 머무는 곳이 있다면 그곳은 맑은 10월 아침 옥스브리지의 교정일 겁니다. 오래된 강당을 지나 단과 대학 사이를 어슬렁거리다 보니 좀 전의 고약한 기분이 가라앉는 듯했지요. 몸은 어떤 소리도 꿰뚫을 수 없는 신기한 유리 상자 속에 들어가 있고, 마음은 현실과의 접촉에서 해방되어 (다시 잔디밭에 침입하지만 않는다면) 그 순간과 조화를 이루는 어떤 사색에라도 자유로이 안주할 수 있었습니다. 아주 우연히도, 찰스 램이 긴 방학 동안 옥스브리지를 방문하고 나서 썼다던 오래된 수필이 떠오르자 그를 생각하게 되었지요. 새커리는 램의 편지 한 통을 이마에 대면서 성(聖) 찰스라고 불렀다지요. 실제로 모든 죽은 이들 가운데서 (지금 나는 생각이 떠오르는 대로 이야기하고 있습니다.) 램은 나와 마음이 가장 잘 맞는 사람이고, 수필을 어떻게 썼는지 말해 달라고 묻고 싶은 사람입니다. 그의 수필들이 맥스 비어봄의 완벽한 수필보다 탁월한 것은, 거칠게 번뜩이는 상상력과 사이사이로 번개 치듯 빛나는 천재성이 그 수필들에 결함을 제공하고 또 불완전한 형식을 만들지만 동시에 그의 수필에 점점이 시(詩)를 뿌려 놓기 때문입니다. 램이 옥스브리지에 왔던 때는 아마 백 년쯤 전일 것입니다. 분명 그는 이곳에서 원고 상태인 밀턴의 시 한 편을 보고 그것에 관한 수필(그 제목은 생각이 나지 않는군요.)을 썼지요. 그 시가 아마 「리시다스」였을 겁니다.[4] 램은 「리시다스」

4 울프는 옥스브리지를 가공의 대학으로 설정하고 있지만 여기서 어디를 염두에 두고 있었는지 분명히 드러난다. 「리시다스」 원고는 케임브리지의 트리니티 대학에 소장되어 있다. — 옮긴이

에 나오는 어떤 단어라도 현재의 시와 달라질 수 있었다는 사실을 생각하고 자신이 얼마나 충격을 받았는지를 썼습니다. 밀턴이 그 시의 단어들을 바꾼다는 생각만으로도 그에게는 일종의 신성 모독으로 여겨졌지요. 이런 생각을 하면서 나는 「리시다스」에서 기억할 수 있는 모든 것을 생각해 내고 밀턴이 고친 단어가 어느 것이었을까, 그리고 고친 이유가 무엇일까를 추측하게 되었습니다. 바로 그때, 램이 보았던 그 원고가 몇십 미터 떨어지지 않은 곳에 있으며, 뜰을 가로질러 램의 발자국을 따라 그 보물이 보관된 그 유명한 도서관으로 가 볼 수도 있으리라는 생각이 들었습니다. 게다가 새커리의 『헨리 에스먼드』 원고가 보관되어 있는 곳도 바로 그 유명한 도서관이라는 사실을 상기하면서 나는 이 계획을 실행에 옮겼습니다. 비평가들은 흔히 『헨리 에스먼드』가 새커리의 가장 완벽한 소설이라고 하지요. 그러나 내가 기억하기로는 18세기의 문체를 모방한 꾸밈이 많은 문체가 장애가 됩니다. 실제로 18세기의 문체가 그에게 자연스러운 것이 아니었다면 말이지요. 이것은 원고를 살펴봄으로써, 그리고 개작이 문체를 위한 것이었는지 아니면 의미를 위한 것이었는지를 판가름함으로써 입증할 수 있는 사실입니다. 그러나 그러려면 무엇이 문체이고 무엇이 의미인지를 결정해야 하겠지요. 이러한 질문은 — 그러나 실제로 여기서 나는 도서관으로 이르는 문 앞에 서 있었습니다. 그리고 틀림없이 문을 열었을 겁니다. 왜냐하면 흰 날개가 아닌 검은 가운을 펄럭이며 길을 가로막는 수호천사처럼 친절한 은발의 신사가 금세 나타났으니까요. 그는 미안한 표정으로 내게 돌아가라고 손짓하며 여성이 도서관에 들어가려면 대학 연구원을 동반하거나 소개장을 소지해야 한다고 유감스럽다는 듯 나지막이 말했습니다.

한 유명한 도서관이 한 사람의 여성에게 저주받았다는 사실쯤은 그곳 입장에서 보자면 전혀 괘념치 않을 일이겠지요. 모든 보물을 안전하게 가슴속에 간직한 채 그 장엄하고 고요한 도서관은 평온하게 잠자고 있었으며, 나와 관련해서 그것은 영원히 그렇게 잠잘 것입니다. 분노에 차서 계단을 내려오며 다시는 이 메아리들을 깨우지 않으리라, 다시는 호의적인 수락을 요청하지 않으리라고 맹세했으니까요. 아직도 오찬까지는 한 시간이 남아 있었습니다. 그러니 무엇을 해야 할까요? 강변의 풀밭을 걸어 다닐까요? 강둑에 앉아 있을까요? 정말로 아름다운 가을 아침이었습니다. 나뭇잎들이 붉은빛으로 퍼덕이며 땅에 떨어졌지요. 무엇을 하든지 큰 어려움은 없었습니다. 그런데 음악 소리가 내 귀에 와 닿았습니다. 예배나 축전이 거행되려는 것이지요. 교회당 문을 지나갈 때 오르간이 웅장한 소리로 하소연했습니다. 기독교의 비애조차 그 맑은 공기 속에서는 슬픔 그 자체라기보다 슬픔의 회상처럼 들렸습니다. 심지어 오래된 오르간의 신음 소리도 평화로움에 포근히 안겨 있는 듯이 들렸지요. 내게 그럴 권리가 있다 하더라도 들어가고 싶은 생각은 없었습니다. 이번에는 교회당 안내인이 나타나 나를 멈춰 세우고 아마 세례 증명서를 요구하거나 사제장의 소개장을 보여 달라고 하겠지요. 그러나 이 장엄한 대학 교회당 건물의 외부는 때로 내부만큼이나 아름답습니다. 게다가 사람들이 벌집 입구의 벌들처럼 떼 지어 들어오고 나가며 교회당 문 앞에서 분주하게 다니는 것을 지켜보는 일도 충분히 재미있었지요. 많은 사람들이 모자를 쓰고 가운을 입고 있었습니다. 어떤 이들은 어깨에 모피 술을 늘어뜨리고 있었고 어떤 이들은 휠체어로 운반되고 있었습니다. 중년이 채 지나지 않았지만 너무나 기이한 형태로 구겨지고 뭉개진 나머지, 유리 수족관의 모래 속에서 힘들여 오르내리는 거대한 게와 가재를 연상시키는 사람들도 있었습니다. 내가 벽에 기대 서 있는 동안, 그 대학은 실제로 성소처럼 보였고 그 안에 보관된 희귀한 유형들은 스트랜드 거리의 포장도로 위에서 생존 투쟁을 하도록 내버려 둔다면 곧 폐물이 될 것들로 보였지요. 옛 사제장들과 연구원들에 대한 오래전의 이야기가 떠올랐습니다. 그러나 내가 휘파람을 불 용기를 내기도 전에 (휘파람 소리가 나면 늙은 모 교수님이 즉시 뛰어왔다고 전해지곤 했지요.) 그 고상한 회중은 안으로 들어가 버렸습니다. 교회당 건물만 남았습니다. 아시다시피 그 높고 둥근 지붕과 첨탑들은, 항상 항해하면서도 도달할 곳을 영원히 찾지 못하는 돛단배처럼, 밤에 불을 밝히면 언덕 너머 멀리 몇 마일 떨어진 곳에서도 보이지요. 아마도 과거에는 이 매끄러운 잔디밭이 있는 뜰과 장엄한 대학 건물들과 교회당조차 습지였을 것이며, 잡초들이 물결치고 돼지들이 코를 박고 먹을 것을 찾아다니는 곳이었을 겁니다. 수십 마리의 말과 황소들이 멀리 떨어진 곳에서 수레에 돌을 싣고 날라 왔을 것입니다. 내가 서 있는 곳에 그림자를 드리운 이 커다란 회색 건물은 주춧돌 위에 순서대로 돌을 쌓아 올려 평형을 유지하는 데 무한한 공력을 들였을 것입니다. 도색공들은 창문에 끼울 유리를 날라 왔고 석공들은 몇 세기 동안 지붕 위에서 접착 용품과 시멘트, 삽, 흙손을 들고 분주했을 것입니다. 토요일마다 누군가는 가죽 지갑에서 금화와 은화를 꺼내 그들의 늙은 손아귀에 떨어뜨렸겠지요. 그들도 아마 하루 저녁쯤은 마시고 즐겼을 테니까요. 돌을 끊임없이 운반하고 석공들이 계속해서 일하도록 금화와 은화의 물결도 연이어 이 대학 구내로 흘러들었을 것입니다. 하지만 그때는 신앙의 시대였지요. 굳건한 초석 위에 이 돌들을 쌓느라 후하게 돈을 쏟아부었고, 더욱이 여기서 찬송가를 부르고 학생들을 가르치기 위해 왕과 여왕과 귀족들은 돈궤로부터 더 많은 돈을 쏟아부었을 겁니다. 토지가 하사되고 교구세가 걷혔습니다. 신앙의 시대가 끝나고 이성의 시대가 도래했어도 금화와 은화의 물결은 여전히 계속되었지요. 연구원 기금이 설립되고 강사직 기금이 기부되었습니다. 다만 이제는 금화와 은화의 물결이 왕의 금고에서 흘러나온 것이 아니라 상인과 제조업자의 금고에서, 산업을 일으켜 재산을 모으고는 자신들에게 그 기술을 전수해 준 대학에 더 많은 의자와 더 많은 강사 기금, 더 많은 연구 기금을 기부하도록 자신들의 유언장에 아낌없이 한몫을 기록해 놓은 사람들에게서 흘러나왔지요. 그리하여 몇 세기 전만 해도 잡초가 물결치고 돼지들이 코를 박고 다니던 곳에 도서관과 실험실이 세워지고 관측소가 설립되었으며, 오늘날 유리 선반 위에 갖춰진 값비싸고 정교한 기구들이 마련된 것입니다. 대학 구내를 이리저리 거닐다 보니, 금과 은의 토대가 충분히 깊숙하게 박혀 있는 것을 볼 수 있었지요. 머리에 쟁반을 인 사람들이 분주히 계단을 오르내리고 있었습니다. 창가의 화초 상자에는 화려한 꽃이 피어 있었습니다. 안쪽 방들의 축음기에서 노래가 크게 울려 나왔습니다. 무엇인가를 생각지 않을 수 없었지요. 그러나 그 사색이 무엇이었든 간에 곧 중단되었습니다. 시계가 울렸고, 이제 오찬에 참석할 시간이 되었으니까요.

신기하게도 소설가들은 오찬 파티란 항상 누군가의 재치

있는 말이나 현명한 행위로 기억에 남는 법이라고 믿게 만듭니다. 그러나 그들은 오찬에서 무엇을 먹었는지에 대해서는 거의 한마디도 할애하지 않습니다. 수프나 연어, 오리 고기에 대해서는 언급하지 않는 것이 소설가들의 관습입니다. 마치 수프와 연어와 오리 고기가 전혀 중요하지 않은 것처럼, 그리고 아무도 담배를 피우지 않았고 포도주도 전혀 마시지 않은 것처럼 말이지요. 하지만 여기서 나는 외람되이 그 관습에 도전하여 이번의 오찬은 넙치로 시작되었다는 점을 말씀드리지요. 그것은 대학 요리사의 손에 의해 사슴 옆구리의 반점처럼 여기저기 갈색 살이 드러나게끔 하얀 크림에 덮여 우묵한 접시에 담겨 나왔습니다. 그다음 순서는 자고새 요리였습니다. 하지만 털 없는 갈색 새 두 마리가 접시에 담긴 것을 연상한다면 그건 잘못입니다. 톡 쏘는 맛과 부드러운 맛이 가미된 온갖 종류의 소스와 샐러드를 곁들인 갖가지 다양한 새고기들이 푸짐하게 순서대로 나왔습니다. 감자는 동전처럼 얄팍했지만 그리 딱딱하진 않았고 장미 봉오리처럼 생긴 작은 양배추는 더욱 촉촉했지요. 구운 고기와 그 부식들의 순서가 끝나자 말없이 시중들던 교구 관리가 더욱 부드러운 표정으로 파도에서 설탕을 건져 올린 듯한 당과를 냅킨으로 꽃처럼 장식하여 우리 앞에 내려놓았습니다. 그것을 푸딩이라 부르고 쌀이나 타피오카와 관련시킨다면 아마 모욕이 되겠지요. 그동안 노란색, 진홍색으로 빛나던 포도주 잔들은 비워졌다가 다시 채워지곤 했습니다. 그리하여 등뼈의 절반쯤 내려간 곳, 영혼이 머무는 곳에서 점차 불이 켜졌지요. 그것은 입술에서 튀어나왔다 들어갔다 할 때마다 우리가 빛나는 재기라고 부르는 단단하고 작은 전기 불빛이 아니라, 그보다 더욱 심오하고 섬세한 지하의 작열하는 불빛이며 합리적인 교제의 풍부한 노란 불꽃입니다. 서두를 필요가 없습니다. 재치를 번뜩일 필요도 없지요. 자기 자신이 아닌 다른 사람이 되려고 할 필요도 없고요. 우리 모두 천국으로 갈 것이고, 반 다이크도 우리와 함께 있으니까요. 다시 말해서 좋은 담배에 불을 붙이고 창가 의자의 푹신한 쿠션에 깊숙이 파묻혀 있을 때, 인생이란 아주 훌륭한 것이며 그 보상은 감미롭고 이런저런 원한이나 불만은 하찮은 것에 불과하며 같은 부류의 사람들과의 교제와 우정은 대단히 감탄할 만한 것으로 보였지요.

만일 다행히도 재떨이가 가까이 있었더라면, 그래서 창밖으로 재를 떨어 버리지 않았더라면, 만약 사정이 실제와 약간 달랐더라면, 아마도 창밖의 꼬리 없는 고양이를 보지 못했을 겁니다. 잔디밭 위에서 부드럽게 어슬렁거리며 걷고 있는 꼬리가 없는 짐승을 갑자기 보게 되자 어떤 우연한 잠재의식적인 지성에 의해서 나의 감정적인 시각이 변화되었습니다. 마치 누군가가 갑자기 그늘을 드리운 것 같았지요. 그 순간 그 훌륭한 포도주의 영롱한 취기가 가시는 것 같았습니다. 역시 온 우주를 의문시하는 듯 잔디밭 한가운데 멈춰 서 있는 그 맨 섬 고양이[5]를 바라보았을 때, 확실히 무엇인가 결핍된 듯한 느낌이 들었으며 무엇인가 달라 보였습니다. 그렇지만 무엇이 결핍되어 있으며 무엇이 다른가 하고 나는 대화를 들으면서 스스로에게 물었지요. 그 물음에 답하기 위해 나는 이 방 밖으로 나가서 과거로, 실제로는 전쟁 이전으로 돌아가서

5 맹크스(Manx): 사람에게 길들여진 꼬리 없는 고양이 품종. 영국 맨 섬에서 왔다는 전설이 있다. — 옮긴이

이곳으로부터 멀리 떨어져 있지 않은 방에서 열렸던, 그렇지만 지금과는 달랐던 오찬을 눈앞에 떠올려야 했습니다. 모든 것이 달랐지요. 그동안 많은 젊은 손님들 사이에서는 이야기가 계속되고 있었지요. 어떤 사람들은 여성이고 어떤 사람들은 다른 성으로서, 대화는 거침없이 유쾌하고 자유롭고 재미있게 진행되고 있었습니다. 이야기가 계속되는 동안 이전에 이루어졌던 다른 대화를 배경에 놓고 그 두 대화를 비교해 보면, 하나는 다른 하나의 후예이며 적법한 계승자라는 것을 의심할 수 없었습니다. 아무것도 변하지 않았지요. 아무것도 달라지지 않았습니다. 다만 — 여기서 나는 온 신경을 귀에 집중시켜 대화의 내용을 듣는 데 그치지 않고 그 이면의 웅얼거림 혹은 흐름을 들었습니다. 그래, 바로 그것입니다. 변화된 것은 그것이었지요. 전쟁 전에도 이와 같은 오찬에서 사람들은 지금과 똑같은 이야기를 나누었겠지만, 그러나 그것은 다르게 들렸을 겁니다. 왜냐하면 당시에 그 이야기들은 어떤 콧노래 소리, 명료하지는 않지만 음악적이고 자극적이며 단어 자체의 가치를 변화시켰던 소리를 수반하고 있었기 때문입니다. 그 콧노래 소리를 말로 표현할 수 있을까요? 아마 시인의 도움이 있다면 할 수 있겠지요. 내 옆에 책이 한 권 놓여 있었고 나는 무심결에 펼쳐 테니슨의 시를 읽었습니다. 테니슨은 이와 같이 노래하고 있더군요.

문가의 시계꽃 덩굴에서
　빛나는 눈물이 떨어졌지.
그녀는 오고 있다네, 나의 비둘기, 나의 연인.
　그녀가 오고 있다네, 나의 생명, 나의 운명.

붉은 장미가 외치지, "그녀가 왔어, 가까이 왔어."
　　백장미는 흐느끼네, "그녀는 늦는군."
제비꽃이 귀 기울이지, "나에게 들려, 들을 수 있어."
　　백합은 속삭이네, "나는 기다리고 있어."[6]

전쟁 전의 오찬에서 남자들이 부른 콧노래가 바로 이것이었을까요? 그러면 여자들은?

내 마음은 노래하는 새,
　　둥지는 물오른 여린 가지에 있고.
내 마음은 사과나무,
　　가지는 무성한 과일로 휘어지고.
내 마음은 무지갯빛 조가비,
　　고요한 바다를 노 저어 가고.
내 마음은 이 모든 것보다 기쁘다네,
　　내 사랑 나에게 왔기에.[7]

이것이 전쟁 전의 오찬에서 여자들이 부른 콧노래일까요?

전쟁 전의 오찬에서 사람들이 작은 목소리로라도 그런 콧노래를 부르는 광경을 생각하니 너무 우스운 나머지 그만 폭소를 터뜨렸습니다. 나는 맨 섬 고양이를 가리키며 내 웃음을 변명해야 했지요. 잔디밭 한가운데 꼬리도 없이 서 있는 그 불쌍한 짐승은 조금 우스꽝스럽게 보였으니까요. 그 고양이는

6　앨프리드 테니슨의 「모드」 22부 10연. — 옮긴이
7　크리스티나 로제티의 「생일」. — 옮긴이

태어날 때부터 그랬을까요, 아니면 사고로 꼬리를 잃었을까요? 꼬리 없는 고양이가 맨 섬에 실제로 존재한다고들 하지만 생각보다는 희귀한 동물이니까요. 그것은 기묘한 동물이고, 아름답기보다는 기이하지요. 꼬리가 얼마나 커다란 차이를 만드는지 참으로 신기한 일입니다. — 오찬이 끝나고 사람들이 코트와 모자를 걸치면서 나누는 상투적인 말들은 다 아시겠지요.

이번 오찬은 주인의 환대 덕분에 오후 늦게까지 계속되었습니다. 아름다운 10월의 하루가 기울어 갔고 내가 걸어가는 가도의 가로수에선 나뭇잎이 떨어지고 있었습니다. 내 뒤에서는 문들이 부드럽지만 단호하게 닫히는 것 같았습니다. 무수히 많은 교구 관리들이 기름칠이 잘된 자물쇠들에 무수히 많은 열쇠를 끼워 돌리고 있었지요. 그 보물의 집은 또 하룻밤을 안전하게 지낼 준비를 마치고 있었습니다. 가로수 길을 지나자 어느 거리 — 그 이름은 잊었지만 — 로 나서게 되었는데 거기서 제대로 모퉁이를 돌기만 하면 펀엄에 도달하게 되지요. 하지만 시간은 충분히 있었습니다. 7시 30분이 되어야 만찬을 시작할 테니까요. 이런 오찬을 마친 후에는 사실 저녁을 먹지 않아도 별로 지장이 없지요. 한 편의 시가 마음속에 솟구쳐서 그것에 박자를 맞춰 길을 따라 다리를 움직이게 되는 것은 참 신기한 일입니다. 이런 시구가 —

문가의 시계꽃 덩굴에서
　빛나는 눈물이 떨어졌지.
그녀는 오고 있다네, 나의 비둘기, 나의 연인.

내 혈관 속에서 노래를 부르는 동안 나는 헤딩리를 향해 경쾌하게 걸음을 옮겼습니다. 그러고 나서 물결이 둑 가장자리에 거품을 일으키는 곳에 서서 다른 박자로 바꾸어 노래를 불렀지요.

> 내 마음은 노래하는 새,
> 　둥지는 물오른 여린 가지에 있고.
> 내 마음은 사과나무…….

사람들이 어둠 속에서 흔히 그러듯 나는 큰 소리로 외쳤습니다. 참 대단한 시인들이야, 정말 대단한 시인들이야!

아마 우리 세대를 염두에 두어서인지 약간 질투를 느끼면서, 또한 이러한 비교가 어리석고 불합리하다는 것을 알면서도, 과거의 테니슨과 크리스티나 로제티만큼 위대한 현존 시인 두 사람을 정직하게 꼽아 낼 수 있을지 궁금해졌습니다. 거품이 이는 물결을 들여다보며 이런 비교는 명백히 불가능하다고 생각했지요. 그 시들이 사람들에게 그 정도의 탐닉과 열광을 불러일으킬 수 있었던 이유는 다름 아니라 사람들이 (아마 전쟁 전의 오찬에서) 느꼈던 어떤 감정을 그 시들이 칭송하고, 따라서 사람들은 그 감정을 억제하려고 애쓰거나 또는 현재 가지고 있는 다른 감정과 비교하려는 노력을 기울이지 않고 편안하고 익숙하게 반응할 수 있었기 때문입니다. 그러나 현존 시인들은 실제로 형성되고 있으면서도 동시에 우리에게서 찢겨 나가는 감정을 표현하지요. 처음에 사람들은 그 감정을 인식하지 못합니다. 무슨 이유에서인지 종종 그것을 두려워하는 경우도 있지요. 아니면 그것을 예리하게 관찰하고, 질투심과 의혹에 가득 차서 자신이 알던 옛 감정과 비교를 하기도 합니다. 그리하여 현대 시의 어려움이 생기게 됩니다. 그리고 이러한 어려움 때문에, 아무리 훌륭한 현대 시인의 시라도 두 행 이상을 연속해서 기억하기 힘듭니다. 이러한 — 기억이 나지 않는다는 — 이유로 자료가 부족해서 나의 논의는 시들해졌습니다. 그러나 나는 헤딩리를 향해 걸어가면서 왜 우리들은 오찬에서 작게나마 콧노래 부르기를 그만두었을까 하고 생각했습니다. 왜 앨프리드는

그녀는 오고 있다네, 나의 비둘기, 나의 연인.

이라 노래하기를 멈추었으며, 왜 크리스티나는 응답을 그만두었을까요?

내 마음은 이 모든 것보다 기쁘다네,
내 사랑 나에게 왔기에.

우리는 모든 책임을 전쟁에 돌려야 할까요? 1914년 8월 소총이 발사되었을 때 서로의 얼굴이 서로의 눈에 너무도 똑똑히 비쳤기에 남자와 여자의 로맨스는 그만 살해되고 만 것일까요? 확실히 포화의 빛 속에서 통치자들의 얼굴을 보는 것은 (특히 교육과 그 밖의 것에 대한 환상을 가진 여자들에게) 충격이었지요. 그들 — 독일인, 영국인, 프랑스인 — 은 너무 못생기고 너무 우둔해 보였습니다. 그러나 어디에 비난을 돌리건 또 누구에게 비난을 던지건 간에, 연인이 온다고 그렇게 열정적으로 노래하도록 테니슨과 크리스티나 로제티에게 영감을

불어넣었던 환상이 희귀해진 것은 사실입니다. 이제는 다만 읽거나 보고 듣거나 기억할 수 있을 따름이지요. 그러나 무엇 때문에 '비난'을 운운하는 겁니까? 만일 그것이 환상이라면, 환상을 파괴하고 그 자리에 진실을 되찾아 놓은 그 격변을, 그것이 무엇이건 간에 찬양해야 하지 않을까요? 왜냐하면 진실은 · · · 이 세 개의 점들은 내가 진실을 추구하느라 펀엄으로 가는 모퉁이를 놓쳐 버린 지점을 표시하는 겁니다. 그래, 실제로 무엇이 진실이고 어느 것이 환상일까, 하고 나는 자문해 보았지요. 예를 들어 지금 석양에 붉게 빛나는 창문으로 축제를 벌이는 듯한 어둑한 집들, 그러나 아침 9시면 사탕절임과 구두끈 등으로 혼잡스럽고 너저분해질 그 집들에서 무엇이 진실일까요? 그리고 버드나무와 강, 강으로 이어져 내려간 정원들, 지금은 그 너머로 안개가 껴서 어렴풋이 보이지만 햇빛 속에서는 황금빛, 붉은빛으로 빛날 그것들 중에 어느 것이 진실이고 어느 것이 환상일까요? 이와 같이 뒤얽히고 변전하는 사색은 이제 삼가겠습니다. 헤딩리로 가는 길에서는 어떤 결론도 찾을 수 없었으니까요. 모퉁이를 잘못 돌았다는 사실을 깨닫고는 발걸음을 돌려 펀엄으로 향했다고 상상해 주길 바랍니다.

10월 어느 날이라고 이미 말했기에 계절을 바꾸어 정원 담벼락에 늘어진 라일락이나 크로커스, 튤립, 그 밖의 다른 봄철의 꽃들을 묘사함으로써 픽션 자체의 고귀한 이름과 여러분이 갖고 있는 픽션에 대한 존중심을 감히 손상시키려 하지는 않겠습니다. 픽션은 사실에 충실해야 하고, 사실이 진실에 가까울수록 픽션은 더욱 나아진다고 우리는 들어왔지요. 그러므로 지금도 여전히 가을이며 노란 나뭇잎은 계속 떨어지고 있습니다. 아니 전보다 더 빠르게 떨어지고 있지요. 지금은 저녁(정확히 말해서 7시 23분)이며 바람(정확히 남서쪽에서)이 일었기 때문입니다. 하지만 이 모든 것들에도 불구하고 무언가 묘한 것이 작용하고 있었습니다.

내 마음은 노래하는 새,
　둥지는 물오른 여린 가지에 있고.
내 마음은 사과나무
　가지는 무성한 과일로 휘어지고.

아마도 그 어리석은 환상 — 물론 그것은 환상에 불과한 것인데 — 은 부분적으로는 크리스티나 로제티의 시구 때문이었겠지만, 라일락이 정원 담 너머에 꽃잎을 흩날리고 멧노랑나비가 이리저리 스치듯 날아가며 꽃가루가 공중에서 휘날리는 듯한 느낌이었습니다. 어디로부터 왔는지 알 수 없는 바람이 불었고, 반쯤 자란 나뭇잎들이 휘날려 공중에서 은회색 섬광이 반짝거렸습니다. 색깔들이 강렬한 변화를 겪고, 흥분하기 쉬운 심장의 고동처럼 자주색, 금색이 창틀에서 타오르는, 빛이 교차되는 시간이었습니다. 무슨 이유 때문인지 세계의 아름다움이 드러났다가 곧 사라지는 순간에 (여기서 나는 문을 밀고 정원 안으로 들어갔지요. 부주의하게도 문이 열려 있었고 주위에는 교구 관리들이 보이지 않았으니까요.) 곧 사라질 세계의 아름다움에는 심장을 조각조각 잘라 내는 두 개의 날, 즉 웃음의 날과 번민의 날이 있지요. 봄의 황혼 속에서 펀엄의 정원은 거칠게 휜히 트여 있었으며 수선화와 초롱꽃들이 기다란 풀밭에 팽개쳐진 듯 무관심하게 산재해 있었습니다. 아마 한창때에도 제대로 다듬어진 적이 없었을 겁니다. 그 순간도 역시 바람에 나부껴 뿌리가 뽑힐 듯 휘날리고 있었습니다. 건물 창문들은 붉은 벽돌의 넘치는 파도에 떠 있는 배의 창문처럼 굴곡을 이루며, 급히 흘러가는 봄철의 구름 아래로 레몬 빛에서 은빛으로 변했습니다. 누군가 해먹 안에 누워 있었지요. 이렇게 어슴푸레한 빛 속에서 절반쯤은 보이고 절반쯤은 추측해야 할 환영에 불과했지만, 누군가는 잔디밭을 가로질러 뛰었고 — 혹시 누가 그녀를 가로막지 않을까요? — 그리고 당당하지만 겸손해 보이는 사람이 마치 신선한 공기를 마시고 정원을 둘러보기 위해 나오기라도 한 듯 테라스에 나타났습니다. 그녀는 이마가 넓고 허리가 굽었으며 초라한 옷을 입고 있었습니다. 그 사람이 그 유명한 학자 J — H — 그녀일까요?[8] 어둠이 정원 위에 던져 놓은 휘장이 별이나 칼 — 늘 그렇듯 봄의 정수에서 솟아난 어떤 끔찍한 리얼리티의 섬광 — 에 의해 조각조각 찢겨 나가듯 모든 것이 어둑하면서도 강렬했습니다. 왜냐하면 젊음이란 — 이제 수프가 나왔습니다. 큰 식당에서 만찬이 준비되고 있었지요. — 봄날이기는커녕 사실은 10월의 저녁이었습니다. 모두들 커다란 식당에 모였지요. 식사가 제공되었습니다. 수프가 나왔지요. 그것은 평범한 고깃국이었습니다. 그 안에는 상상력을 자극할 만한 어떤 것도 들어 있지 않았지요. 그 멀건 액체를 통해 접시 바닥의 무늬를 들여다볼 수 있을 정도였습니다. 그러나 무늬는 없었습니다. 접시도 평범한 것이었지요. 다음엔 쇠

8 제인 해리슨(1850~1928): 그리스 종교에서 여성 신들의 역할을 연구한 영국의 고전학자이자 인류학자. — 옮긴이

고기와 녹색 야채, 감자가 나왔습니다. 이 초라한 삼위일체는 진흙투성이의 시장에 서 있는 소들의 궁둥이와 가장자리가 노랗게 시들어 구부러진 작은 양배추와 월요일 아침 그물주머니를 멘 여인네들이 흥정하며 값을 깎는 광경을 연상시켰습니다. 제공된 음식의 양은 충분했으며 석탄 광부들은 틀림없이 이보다 못한 식탁에 앉으리라는 사실을 알고 있었기에 인간의 일상적인 음식을 불평할 이유는 없었지요. 프룬(서양 자두)과 커스터드가 나왔습니다. 만일 누군가, 커스터드가 프룬을 조금은 보완해 주었을지라도 프룬은 여전히 무자비한 채소(그것은 과일이 아니지요.)며 수전노의 심장처럼 끈적끈적하고, 팔십 년 동안 스스로 포도주와 안락함을 거부하면서 가난한 자에게도 베풀지 않았던 수전노의 핏줄에 흐를 만한 액체를 배출한다고 불만을 토로한다면, 그는 그것이라도 기꺼이 환영할 만한 사람들이 있다는 사실을 기억해야 합니다. 그다음엔 비스킷과 치즈가 나왔지요. 여기에 또 물병이 후하게 건네졌습니다. 비스킷의 속성은 퍽퍽한 것이고, 이런 점에서 이 자리에 나온 비스킷은 속속들이 본성을 발휘하고 있었으니까요. 이것이 전부였습니다. 식사가 끝났지요. 모두 의자를 뒤로 밀었고 회전문이 거칠게 여닫혔습니다. 곧 음식의 흔적이 모두 치워졌고 식당은 다음 날 아침 식사를 위해 정돈되었지요. 아래층 복도와 층계 위에서는 영국의 젊은이들이 큰 소리로 문을 여닫고 노래를 부르며 다니고 있었습니다. 초대받은 손님 또는 방문객(펀엄이라고 해서 트리니티, 서머빌, 거턴, 뉴넘, 크라이스트처치 등의 대학들보다 내게 더 많은 권리를 주는 것은 아니니까요.)이 "만찬이 별로 대단치 않았어요."라고 말한다거나 "우리 둘만 (우리, 즉 메리 시턴과 내가 지금 그녀의 응접실에 앉아 있었으니까요.) 여기서 식사할 수 없었을까요?"라고 말할 수 있을까요? 그런 말을 했더라면 나는 방문객에게 외관상 쾌활하고 당당해 보이는 이 대학의 내밀한 경제 사정을 엿보고 탐색했음이 분명했겠지요. 아니, 그런 말은 도저히 할 수 없습니다. 실제로 대화는 잠시 시들해졌습니다. 인간이라는 유기체는 실상 마음과 몸, 두뇌가 함께 결합되어 있고, 앞으로 백만 년이나 지나면 모를까 각각의 칸막이 속에 격리 수용된 것이 아니기에, 훌륭한 저녁 식사는 훌륭한 대화를 나누는 데 대단히 중요한 요인이지요. 저녁 식사를 잘 하지 못하면 사색을 잘할 수 없고 사랑도 잘할 수 없으며 잠도 잘 오지 않습니다. 쇠고기와 프룬을 먹고는 등뼈의 램프에 불이 켜지지 않습니다. 우리 모두는 아마도 천국으로 갈 것이고 바라건대 반 다이크는 다음 모퉁이를 돌아서 우리를 만나겠지요. 하루의 노동을 끝낸 후 쇠고기와 프룬으로 저녁 식사를 하면 이런 모호하고 제한된 마음 상태가 되는 법입니다. 이곳에서 과학을 가르치는 내 친구는 다행히도 개인 찬장을 가지고 있었고 그 안에는 땅딸막한 술병과 작은 유리잔이 준비되어 있었지요.(하지만 우선 넙치와 새고기로 시작했으면 더 나았겠지요.) 그래서 우리는 불가로 의자를 끌어당기고 그날의 생활에서 입은 몇 가지 손상을 보상받을 수 있었지요. 일이 분 지나자 우리는 호기심과 흥미를 불러일으키는 모든 대상 속으로 자유롭게 미끄러져 들어갔다 나오곤 했습니다. 그것은 어떤 특정한 사람이 없을 때 마음속에 형성되었다가 다시 함께 있게 되면 자연스럽게 논의되는 것으로, 누구는 결혼을 했고 누구는 안 했다든지, 누구는 이렇게 생각하고 누구는 저렇게 생각한다든지, 누구는 지식을 얻어 향상되었으며 누구는 아주 놀랍게도 타락했다든지 하는 서두로부터 자연스럽게 우리가 살고 있는 놀라운 세계의 성격과 인간 본성에 관해 솟아나는 온갖 사색이지요. 그러나 이러한 이야기를 하는 동안 부끄럽게도 나는 스스로 밀고 들어와 모든 것을 그 나름의 결말로 끌어가 버리는 어떤 흐름을 의식하게 되었지요. 스페인이나 포르투갈에 대해서 또는 어떤 책이나 경마에 대해서, 무엇에 관해서 이야기하건 진정한 관심의 대상은 이런 것들이 아니라 오백 년 전 높은 지붕 위에서 일하던 석공의 모습이었습니다. 왕과 귀족들이 거대한 자루에 보물을 담아 와서 땅 밑에 쏟아부었지요. 이 장면은 끊임없이 내 마음속에 되살아났고 그 옆에는 여윈 암소와 진흙투성이 시장, 시들어 빠진 채소, 노인의 끈적끈적한 심장이 나타났습니다. 이 두 그림은 사실 관련도 없고 터무니없이 뒤섞여 있었지만 끊임없이 함께 몰려와 서로 격투를 벌이며 나를 완전히 사로잡았습니다. 우리가 나누는 이야기를 완전히 뒤틀어지게 하지 않으려면 가장 좋은 방법은 내 마음속에 떠오른 그림을 공중에 노출시키는 것이었습니다. 만약 운이 좋다면 그것은 윈저 궁에서 관을 열었을 때의 죽은 왕의 머리처럼 가루로 부서져 사라지겠지요. 그래서 나는 시턴 양에게 간단히 이야기했습니다. 몇백 년 동안 대학 교회당 지붕 위에서 일해 온 석공들과 어깨에 금은 자루를 지고 와서 땅속에 퍼부은 왕과 여왕, 귀족들에 관해서, 또한 다른 이들이 금은괴와 가공되지 않은 금 덩어리를 내려놓은 곳에 오늘날에는 산업계의 위대한 거물들이 수표와 증서를 내려놓는다는 것을 말이지요. 저기 있는 대학들의 발밑에는 그 모든 것들이 놓여 있다고 말했지요. 하지만 우리가 지금 앉아 있는 이 대학에는, 이 용감한 붉은 벽돌과 거칠고 정돈되지 않은 정원 풀밭 아래에는 무엇이 놓여 있을까요? 저녁 식사 때의 그 평범한 그릇들 이면에는, 그리고 (미처 멈출 새도 없이 이 말이 튀어나왔지요.) 쇠고기와 커스터드와 프룬의 뒤에는 어떤 힘이 있을까요?

"글쎄, 1860년경에."라고 메리 시턴이 말을 꺼냈습니다. "하지만 어떻게 됐는지 아시잖아요." 그녀는 같은 이야기를 반복하기 지루해하면서 말했지요. 그러고는 다음과 같이 말했습니다. 방을 임대하고 위원회가 열렸지요. 봉투에 주소를 써넣었고 안내장을 작성했어요. 회의가 열렸고 답장들을 읽었지요. 모 씨는 상당히 많은 금액을 약속했지만 그 반대로 아무개 씨는 한 푼도 내지 않겠다고 했지요. 《새터데이 리뷰》는 상당히 무례했어요. 사무직 임금을 지불하기 위한 기금을 어떻게 모을 수 있을까요? 바자회를 열어야 할까요? 제일 앞줄에 앉힐 만한 예쁜 소녀를 찾을 수 없을까요? 존 스튜어트 밀이 그 문제에 관해 뭐라고 말했는지 찾아봅시다. 모 지(誌)의 편집장에게 편지를 인쇄해 달라고 설득할 수 있을까요? 모 귀부인에게 그것에 서명해 달라고 해도 될까요? 그 귀부인은 런던에 있지 않다더군요. 추측건대 육십 년 전에 일이 이런 식으로 진행되었으며 그것은 지난한 노력과 막대한 시간을 요했지요. 그리하여 오랫동안 투쟁하고 극심한 어려움을 겪은 후에야 그들은 3만 파운드를 모을 수 있었어요.[9] 그러니 우리가

9 "우리는 최소한 3만 파운드를 모아야 한다고 들었습니다……. 이런 종류의 대학이 잉글랜드와 아일랜드 그리고 식민지를 통틀어 하나밖에 없고 또 남학생들을 위한 학교를 세우는 데는 막대한 기금을 무척 쉽게 모을 수 있었다는 점을 생각하면, 이 금액은 그리 큰 액수가 아니었습니다. 그러나 여성이 교육받기를 진정으로 원하는 사람이 거의 없다는 점을 생각하면 그것은 상당한 액수입니

포도주와 새고기를 먹을 수 없고 머리에 양철 쟁반을 이고 다니는 하인을 둘 수 없다는 것은 분명한 일이라고 그녀는 말했습니다. 우리는 소파도, 각자의 방도 가질 수 없지요. "쾌적한 것들은 앞으로 더 기다려야 합니다."[10] 그녀는 어느 책에선가 인용하면서 말했지요.

그 모든 여성들이 일 년 내내 일하면서도 2000파운드를 모으기 어렵다는 것을 알게 되고 3만 파운드를 마련하기 위해 온갖 일들을 다 해야만 했다는 사실을 생각하며, 우리는 비난받아 마땅할 여성의 가난에 경멸을 터뜨렸습니다. 우리의 어머니들은 도대체 무엇을 하고 있었기에 우리에게 물려줄 재산이 없었을까요? 콧잔등에 분을 바르고 있었을까요? 상점 유리를 들여다보고 있었을까요? 몬테카를로에서 일광욕을 하며 으스대고 있었을까요? 벽난로 장식장 위에 몇 장의 사진이 있었습니다. 메리의 어머니는 — 만일 저것이 그녀의 사진이라면 — 여가 시간에 낭비를 즐겼을 겁니다.(그녀는 목사인 남편에게서 열세 명의 아이를 낳았지요.) 그러나 그렇다 하더라도 그녀의 명랑하고 낭비벽 있는 생활은 그녀의 얼굴에 즐거움의 흔적을 거의 남기지 않았습니다. 그녀는 평범하게 생긴 노부인으로, 커다란 조개 브로치로 고정시킨 체크무늬 숄을 두르고 있었습니다. 그녀는 스패니얼 한 마리에게 카메라를 주시하도록 하면서 카메라의 셔터를 누르는 순간 그 개가 움직이리라 확신하는 사람의 즐거우면서도 긴장

다."(레이디 스티븐, 『에밀리 데이비스의 생애』)

10 "긁어모을 수 있는 돈은 마지막 한 푼까지도 건물을 짓는 데 충당했고, 쾌적한 시설들은 뒤로 미루어야만 했다."(R. 스트레이치, 『대의』)

된 표정을 지은 채 버들가지로 엮은 의자에 앉아 있었습니다. 자, 그녀가 사업계에 들어갔더라면, 인조 실크 제조업자가 되었거나 증권거래소의 실력자가 되었더라면, 그녀가 이 펀엄에 2만이나 3만 파운드를 기증했더라면, 우리는 오늘 밤 안락하게 앉아 있을 것이고, 고고학, 식물학, 인류학, 물리학, 원자의 성격, 수학, 천문학, 상대성 이론, 지리학 등의 주제로 대화했을 겁니다. 만일 시턴 부인과 그녀의 어머니와 그녀의 할머니가 그들의 아버지와 그 이전의 할아버지들처럼 돈을 버는 위대한 기술을 배워 자신들의 성만 사용하도록 전유된 연구원 기금, 강사 기금, 상금, 장학 기금을 설립할 돈을 남겼더라면, 우리는 여기 위층에서 단둘이 새고기와 포도주 한 병으로 꽤 훌륭한 식사를 할 수 있었을 겁니다. 우리는 대우가 좋은 전문직의 은신처에서 보내는 유쾌하고 영예로운 생애를 지나친 소망이라 생각하지 않고 기대할 수 있었을 겁니다. 우리는 탐험을 하거나 글을 쓸 수도 있고, 지상의 유서 깊은 곳들을 목적 없이 돌아다닐 수도 있고, 파르테논 신전의 층계에 앉아 사색에 잠길 수도 있고, 또 아침 10시에 사무실에 나갔다가 4시 30분이면 편안히 집에 돌아와 시를 쓸 수도 있었을 겁니다. 다만 시턴 부인과 그녀의 부류들이 열다섯 살의 나이에 실업계에 발을 들여놓았더라면 아마 — 이것이 논의에서 뜻하지 않은 난관입니다만 — 메리는 태어나지 못했겠지요. 나는 그 점을 어떻게 생각하느냐고 물었습니다. 커튼 사이로 아름답고 고요한 10월의 밤이 보이고 노랗게 물든 나뭇잎들 사이에 별 한두 개가 걸려 있었습니다. 일필휘지로 갈겨쓴 5만 파운드가량의 기부금을 펀엄이 받을 수 있게끔, 메리는 이 아름다운 정경의 그녀의 몫을, 늘 자랑해 온

스코틀랜드의 맑은 공기와 맛있는 케이크의 기억을, 어린 시절의 유희와 말다툼의 기억을 (그들은 대가족이었지만 행복한 집안이었지요.) 포기할 수 있을까요? 대학에 기금을 기부하기 위해서는 불가피하게 가족의 수를 억제해야 했을 테니까요. 큰 재산을 모으는 한편 열세 명의 아이를 낳는 것, 그것은 누구도 해낼 수 없는 일입니다. 이런 사실을 고려해 보자고 말했지요. 우선 아기가 태어나기 전에 아홉 달이 걸립니다. 그리고 아기가 태어납니다. 그러고 나면 아기를 먹이는 데 서너 달이 소모됩니다. 아기에게 먹을 것을 공급한 후에는 아기와 함께 놀아 주는 데 오 년이 족히 흘러갑니다. 아이들을 길거리에서 뛰어다니게 내버려둘 수는 없을 테니까요. 러시아에서 거칠게 뛰어다니는 아이들을 본 적이 있는 사람이라면 그 광경이 별로 유쾌하지 않았다고들 얘기합니다. 또한 인간의 성격이란 한 살부터 다섯 살 사이에 형성된다고 흔히들 말하지요. 만일 내가 말한 것처럼 시턴 부인이 돈을 벌고 있었다면 당신은 유희와 말다툼에 대한 기억을 가질 수 있었을까요? 스코틀랜드와 그 청명한 공기와 케이크와 그 밖의 것들에 대해 무엇을 알 수 있었겠어요? 하지만 이런 질문을 던지는 것은 전혀 무익한 일입니다. 당신은 아예 존재하지 않았을 테니까요. 더욱이 시턴 부인과 그녀의 어머니와 그 이전의 어머니들이 막대한 재산을 축적하고 대학과 도서관의 초석 아래 재산을 기부했다면 어땠을까 하는 질문도 무익한 일입니다. 왜냐하면 첫째 그들이 돈을 버는 것은 불가능했으며, 둘째 돈 버는 일이 가능했다 하더라도 자신들이 번 돈을 소유할 수 있는 권리가 법적으로 인정되지 않았기 때문입니다. 시턴 부인이 자기 자신의 돈을 한 푼이라도 가질 수 있게 허용된 지 이제 겨우 사십팔 년밖에 되지 않았습니다.[11] 그 이전의 수백 년 동안 그것은 남편의 재산이었습니다. 이러한 생각이 아마도 시턴 부인과 그녀의 어머니들을 증권 거래소로부터 떼어 놓는 데 한몫 단단히 했겠지요. 그들은 이렇게 말했을 겁니다. "내가 버는 돈은 마지막 동전 한 푼까지도 빼앗길 것이고 내 남편의 현명한 처사에 따라 아마도 베일리얼이나 킹스 대학에 장학 기금을 설립하거나 연구원 기금으로 기부하는 데 쓰일 것이다. 그러니 내가 돈을 벌 수 있다 하더라도 돈 버는 것은 내게 별로 흥미로운 일이 아니다. 그것은 남편에게 맡겨 버리는 편이 낫다."

어쨌든, 스패니얼을 보고 있는 노부인에게 비난의 화살을 돌리건 돌리지 않건 간에, 이러저러한 이유로 해서 우리의 어머니들이 자신의 일들을 매우 심각하게 잘못 처리했다는 것은 의심할 여지가 없습니다. '쾌적한 것' 즉 새고기와 포도주, 교구 관리와 잔디밭, 책과 고급 담배, 도서관과 여가를 위해 단 한 푼도 남길 수 없었으니까요. 헐벗은 땅에 헐벗은 벽을 세워 올리는 것이 그들이 할 수 있는 최선이었습니다.

그렇게 우리는 창가에 서서 수천 명의 사람들이 매일 밤 바라보듯이 아래쪽 그 유명한 도시의 둥근 지붕과 탑들을 내려다보면서 이야기를 나누었습니다. 그것은 가을의 달빛을 받아 아주 아름답고 신비스러웠지요. 그 오랜 돌은 무척 희고 유서 깊게 보였습니다. 저 아래 모여 있는 모든 책들, 패널로 장식된 방에 걸린 옛 성직자와 명사의 사진들, 포장도로 위

11 영국에서 기혼 여성이 재산을 소유할 수 있도록 허용한 '기혼 여성 재산법'이 통과된 해는 1870년이다. — 옮긴이

에 이상한 공과 초승달 문양을 내비치는 채색된 창문들, 기념패와 기념비 그리고 비문들, 분수와 잔디밭, 고요한 구내 뜰이 내다보이는 조용한 방들을 생각했지요. 그리고 (이런 생각을 하는 것을 용서하십시오.) 경탄할 만한 담배와 술, 푹신한 안락의자, 기분 좋은 양탄자도 생각했습니다. 또한 사치와 개인적 자유와 공간이 합쳐 빚어낸 세련됨, 온화함, 품위에 대해서 생각했습니다. 확실히 우리의 어머니들은 이 모든 것에 비견될 만한 그 어떤 것도 우리에게 제공하지 못했지요. 3만 파운드를 긁어모으는 일이 어렵다는 사실을 알게 된 우리의 어머니들, 세인트앤드루스에서 목사에게 열세 명의 아이를 낳아 준 우리 어머니들은 말입니다.

이렇게 해서 나는 숙소로 돌아갔으며 어두운 거리를 걸어가면서 하루 일과를 마친 사람들이 흔히 그러듯 이것저것 골똘히 생각했지요. 시턴 부인이 우리에게 물려줄 돈이 없었던 것은 어째서인가, 그리고 가난이 마음에 어떤 영향을 미치는가, 또한 부(富)는 마음에 어떤 영향을 주는가를 숙고했습니다. 그리고 그날 아침에 보았던, 모피 술을 어깨에 늘어뜨린 노신사들을 생각했습니다. 누군가 휘파람을 불면 그들 중 하나가 달려온다는 사실을 기억했습니다. 교회당에서 울리던 오르간과 도서관의 닫힌 문을 생각했습니다. 잠긴 문밖에 있는 것이 얼마나 불쾌한 일인가를 생각했고, 어쩌면 잠긴 문 안에 있는 것이 더욱 나쁠지도 모른다고 생각했습니다. 한 성(性)의 안정과 번영, 다른 성의 가난과 불안정을 생각했고, 작가의 마음에 전통이 미치는 영향과 전통의 결핍이 미치는 영향을 생각하면서, 마침내 그날의 논의와 인상들, 분노와 웃음과 함께 그날의 구겨진 껍질을 말아서 울타리 밖으로 내던져 버려야 할 시간이라고 생각했습니다. 푸르고 광막한 하늘에는 수천 개의 별들이 반짝이고 있었습니다. 마치 불가사의한 사회에 혼자 버려진 듯한 느낌이었습니다. 사람들은 모두 잠이 든 채 수평으로 엎드려 아무 말이 없었지요. 옥스브리지 거리에서 움직이고 있는 사람은 아무도 없었습니다. 호텔 문조차 보이지 않는 손이 닿기라도 한 듯 갑자기 열렸으며, 나를 잠자리로 인도하기 위해 불을 비춰 주려고 일어나 앉아 있는 사람도 없었습니다. 너무 늦었지요.

2장

여러분에게 나와 계속 동행해 달라고 요청해도 된다면, 이제 장면이 바뀌었습니다. 나뭇잎은 여전히 떨어지고 있지만 이젠 옥스브리지가 아니라 런던입니다. 그리고 다른 수천 채의 집들처럼, 사람들의 모자와 화물차 및 자동차들의 행렬을 가로질러 맞은편 집 창문이 보이는 창이 달린 방을 상상해 주면 됩니다. 방 안의 탁자 위에는 백지 한 장이 놓여 있고 거기에는 커다란 글씨로 '여성과 픽션'이라고만 쓰여 있을 뿐 그 밖에는 아무것도 쓰여 있지 않았습니다. 옥스브리지에서의 오찬과 펀엄에서의 만찬에 대한 불가피한 귀결점은 불행히도 대영 박물관을 방문하는 것이라 여겨졌습니다. 모름지기 이 모든 인상들에서 개인적이고 우연적인 것을 걸러 내어 순수한 액체, 본질적 진실의 순수한 기름을 찾아내야 합니다. 옥스브리지의 방문과 그곳에서의 점심과 저녁 식사로 의문들이 벌 떼처럼 무수히 일어났으니까요. 왜 남자들은 포도주를 마시고 여자들은 물을 마시는가? 무슨 이유로 남성은 그렇게 부유하고 여성은 그다지도 가난한가? 가난은 픽션에 어떤 영향을 미치는가? 예술 작품을 창조하는 데 어떤 조건들이 필요한가? 수많은 의문들이 동시에 쏟아져 나왔지요. 하지만 필요한 것은 질문이 아니라 답입니다. 그리고 그 문제들에 대한 답은, 논쟁과 혼란스러운 육체를 초월하여 자신들의 추론과 연구의 결과를 책으로 발간한 박학하고 공평무사한 사람들의 견해를 참조함으로써 얻을 수 있을 것이며, 그것은 바로 대영 박물관에서 찾을 수 있을 것입니다. 만일 대영 박물관의 서가에서 진실을 찾을 수 없다면 진실은 과연 어디 있겠느냐고 나는 공책과 연필을 집으며 자문했지요.

이렇게 준비를 갖춘 나는 탐색하는 마음으로 진실을 추구하러 자신만만하게 나섰습니다. 그날은 실제로 비가 오지는 않았지만 음울하고 어두웠으며, 박물관 근처의 길거리에는 집들마다 석탄 저장 창고를 모두 연 채 석탄을 쏟아붓고 있었지요. 사륜마차가 멈추더니 끈으로 포장된 상자들을 도로 위에 내려놓았습니다. 그 안에는 아마 출세를 노리거나 은신처를 찾는, 아니면 겨울에 블룸즈버리의 하숙집에서 볼 수 있는 탐나는 물건들을 얻으려는 스위스인 또는 이탈리아인 가족의 옷이 들어 있겠지요. 늘 그렇듯 목소리가 거친 남자들이 손수레에 농작물을 싣고 활보하고 있었습니다. 소리치는 사람도 있었고 노래를 부르는 이도 있었습니다. 런던은 마치 하나의 공장 같았습니다. 하나의 기계 같았지요. 우리 모두는 이 밋밋한 바탕에 어떤 무늬를 새기기 위해 앞뒤로 섞여 짜이고 있습니다. 대영 박물관도 그 공장의 한 분과에 불과합니다. 회전문이 휙 열리자 거대한 둥근 천장 아래로 들어서게 되었지요. 나 자신이 마치 한 무리의 유명한 이름들로 화려하게 에워싸인 거대한 대머리 속에 들어간 한 가지 사소한 생각처럼 느

꺼졌습니다. 카운터에 가서 종이 한 장을 받아 들고 도서 목록을 펼쳤지요. 그리고 · · · · · 이 다섯 개의 점은 망연자실하고 어리둥절했던 그 오 분을 각각 나타내는 겁니다. 당신은 일 년 동안 여성에 대해 쓰인 책이 얼마나 많은지 알고 있습니까? 그중에서 남성에 의해 저술된 책이 얼마나 되는지 짐작할 수 있겠습니까? 여러분이 어쩌면 우주에서 가장 많이 논의되는 동물이라는 사실을 알고 있습니까? 나는 책을 읽으며 오전을 보낼 작정으로 공책과 연필을 들고 여기 왔고 오전이 지날 무렵이면 진실이 내 공책에 옮겨지겠거니 생각했지요. 그러나 이것을 모두 읽으려면 한 무리의 코끼리가 되거나 무수히 많은 거미가 되어야겠다고, 가장 오래 산다는 동물과 가장 눈이 많다고 이름난 곤충을 생각하면서 자포자기한 심정이 되었지요. 심지어 그 껍데기만 꿰뚫으려 해도 강철 발톱과 청동 부리가 필요할 겁니다. 이 산더미 같은 종이들 속에 박힌 진실의 알맹이를 도대체 어떻게 찾을 수 있을까? 나는 스스로에게 질문을 던지며 절망적인 시선으로 제목의 기다란 목록을 훑어보았습니다. 책의 제목들도 내게 생각거리를 제공했지요. 성과 그 본질이 의사나 생물학자의 관심을 끄는 것은 당연하겠지요. 그러나 설명하기 어려운 놀라운 사실은 성, 즉 여성이 유쾌한 수필가나 글재주 있는 소설가 혹은 석사 학위를 받은 젊은이들이나 학위를 받지 않은 사람들, 또한 여성이 아니라는 점을 제외하고는 아무 자격도 없는 사람들의 관심을 끈다는 점이었습니다. 이들 중 어떤 책은 표면적으로 볼 때 경박하고 익살스러웠지만, 반면에 진지하고 예언적이며 도덕적으로 권고하는 내용을 다룬 책도 많이 있었습니다. 그저 제목을 읽은 것만으로도, 연단과 설교대에 올라 이 한 가지 주제로 강연에 보통 할당되는 시간을 훨씬 초과하는 다변으로 설교하는 무수히 많은 교장 선생님과 목사님들의 모습이 연상되었습니다. 그것은 대단히 신기한 현상이었지요. 그리고 명백히 — 여기서 나는 M(male)이라는 글자를 염두에 두고 찾아보았습니다. — 남성에게만 한정된 현상이었지요. 여성들은 남성에 대한 책을 쓰지 않습니다. 이것은 안도감을 느끼며 환영하지 않을 수 없는 사실이지요. 왜냐하면 내가 우선 여성에 관해 남성이 쓴 책을 모두 읽고 그다음에는 남성에 관해 여성이 쓴 책을 읽어야 한다면, 내가 그것을 모두 읽고 글을 쓰는 동안 백 년에 한 번 꽃이 핀다는 알로에 꽃을 두 번은 보아야 할 테니까요. 그래서 임의로 열두 권 정도를 선택해 철망 접시에 얇은 대출 카드를 놓고 진실의 순수한 기름을 좇는 다른 사람들 사이에 서서 차례를 기다렸지요.

영국의 납세자들이 다른 목적을 위해 제공한 대출 카드에 수레바퀴 모양의 낙서를 하면서, 그렇다면 이 이상한 불균형의 원인이 무엇일까 생각했습니다. 이 목록으로 판단컨대, 남성이 여성에게 유발하는 흥미보다 여성이 남성에게 불러일으키는 흥미가 더 큰 것은 도대체 어찌된 일일까요? 그것은 상당히 신기한 일이었지요. 나는 더 나아가 여성에 관한 책을 쓰면서 시간을 소비한 남자들의 일상을 상상하기에 이르렀지요. 그들은 늙었을까 젊을까, 결혼을 했을까 아니면 하지 않았을까, 딸기코일까 곱사등이일까. 어쨌든 스스로가 그러한 관심의 대상이라고 느끼는 것은 막연하나마 우쭐하게 만드는 데가 있습니다. 만일 그런 관심을 기울이는 사람이 불구자나 병자만이 아니라면 말이지요. 이런 경박한 생각을 하고 있는 가운데 내 앞에는 책들이 산사태를 이루며 쏟아졌습니다. 이

제부터 곤경의 시작입니다. 옥스브리지에서 연구하는 방법을 훈련받은 학생이라면 양을 우리로 몰듯 물음들을 흐트러지지 않게 다독거려 곧장 해답으로 이끌어 갈 수 있겠지요. 예를 들어 내 옆에 앉은 학생은 과학 책자를 부지런히 베끼고 있었는데 십 분마다 원석에서 순수한 금괴를 찾아내고 있었습니다. 그가 만족스럽다는 듯 나지막하게 끙끙거리는 소리가 그것을 알려 주었지요. 그러나 불행히도 대학 교육을 전혀 받지 못한 사람이라면 그 물음을 우리 안으로 안전하게 몰아가기는커녕 사냥개들에게 쫓기는 겁에 질린 새 떼처럼 당황해 어쩔 줄 모르고 이리저리 날아다니게 할 뿐입니다. 교수님과 교장 선생님, 사회학자, 목사, 소설가, 수필가, 언론인 또는 여자가 아니라는 사실 이외에는 아무런 자격도 없는 사람들이 나의 단 하나의 단순한 물음 — 왜 여성은 가난한가? — 을 추격해 마침내 그것은 쉰 개의 물음이 되었고, 그 쉰 개의 물음은 미친 듯 강물 한가운데로 뛰어들어 휩쓸려 가 버렸습니다. 내 공책의 각 페이지마다 메모가 휘갈겨졌지요. 내 마음 상태가 어떠했는지를 보여 주기 위해서 몇 가지를 읽어 보죠. 그 페이지에는 목판 글자체로 '여성과 가난'이라는 제목이 붙어 있고 다음과 같은 것들이 그 아래 쓰여 있습니다.

중세의 ……의 조건
피지 섬에서 ……의 습관
……에 의해 여신으로 숭배됨
……보다 도덕의식이 약함
……의 이상주의
……가 보다 더 양심적임

남태평양 제도 주민의 ……의 사춘기 연령

……의 매력

……에 의해 제물로 제공됨

……의 두뇌가 작음

……의 더욱 심오한 잠재의식

……의 몸에 털이 더 적음

……의 정신적, 도덕적, 신체적 열등성

……의 아이들에 대한 사랑

……이 더 장수함

……의 약한 근육

……의 강한 애정

……의 허영심

……의 고등 교육

……에 대한 셰익스피어의 견해

……에 대한 버컨헤드 경의 견해

……에 대한 잉 사제장의 견해

……에 대한 라 브뤼예르의 견해

……에 대한 존슨 박사의 견해

……에 대한 오스카 브라우닝의 견해……

여기서 나는 숨을 들이쉬고 여백에 덧붙였습니다. 새뮤얼 버틀러가 "현명한 남성은 여성에 대해 생각하는 바를 결코 말하지 않는다."라고 말한 이유가 무엇일까? 현명한 남성들은 다른 무엇보다도 그 주제에 대해서 분명하게 말하는데 말이지요. 그러나 나는 의자에 등을 기대고 거대한 둥근 천장을 바라보면서 계속 생각했습니다. 처음 나는 이 공간에서 하나의 생각으로 존재했지만 이제는 뒤죽박죽으로 뒤엉킨 사고가 되었지요. 불행한 사실은 현자들이 여성에 대해 결코 똑같이 생각하지 않는다는 것입니다. 포프는 이렇게 말했지요.

대부분의 여성은 성격을 전혀 가지고 있지 않다.

라 브뤼예르는 이렇게 말했습니다.

여성은 극단적이다. 그들은 남성보다 우월하거나 또는 저열하다.

동시대를 살았던 두 예리한 관찰자들이 보여 주는, 전적으로 상반되는 의견이지요. 여성에게 교육받을 능력이 있는가 없는가? 나폴레옹은 여성이 교육받을 수 없다고 생각했지만 존슨 박사는 정반대로 생각했습니다.[12] 그들이 영혼을 가지고 있는가 그렇지 않은가? 어떤 야만인들은 여성에게 영혼이 없다고 말합니다. 반면에 어떤 사람들은 여성이 반쯤 신적인 존재라고 주장하며 그러한 이유로 그들을 숭배합니다.[13] 어떤 박식한 사람들은 여성의 두뇌가 더 얄팍하다고 주장하

12 "'남성은 여성이 감당하기 어려운 존재라는 것을 알기 때문에 가장 나약하거나 가장 무지한 여성을 선택한다. 여성에 대해 그렇게 생각하지 않는다면, 그들은 여성이 교육받는 것을 두려워하지 않을 것이다.' …… 이후의 대화에서 존슨은 이 말이 진담이었다고 나에게 말했다. 여성을 공정하게 평가하기 위해서, 이 사실을 인정하는 것이 솔직한 태도라고 생각한다."(보즈웰, 『헤브리디스 제도 여행기』)

13 "고대 독일인은 여성에게 신성한 힘이 있다고 믿었고 신탁을 전하는 자인 여성에게 자문을 구했다."(프레이저, 『황금 가지』)

는 반면, 여성의 의식이 더욱 심오하다고 주장하는 사람들도 있습니다. 괴테는 여성을 찬미했고, 무솔리니는 여성을 경멸합니다. 어디를 돌아보든 남성은 여성에 관해서 생각했고, 그것도 서로 다르게 생각했습니다. 앞에 앉아 책을 읽는 사람을 부럽게 쳐다보며 나는 이 모든 것의 정체를 도저히 파악할 수 없겠다고 낙담했습니다. 그는 A 또는 B, C로 종종 제목을 붙이면서 아주 깔끔한 요약을 만들고 있었지만, 내 공책은 거칠게 휘갈겨 쓴 서로 상반되는 메모들만이 어지럽게 흩어져 있었지요. 그건 참담하고 혼란스러웠으며 굴욕적이었습니다. 진실은 내 손가락 사이로 빠져나가 버렸습니다. 방울방울 달아나 버린 것이지요.

집에 돌아가서 '여성과 픽션'의 연구에 대한 중대한 공헌이랍시고, 여성은 남성보다 몸에 털이 적다거나 남태평양 제도 주민들의 사춘기 연령은 아홉 살(아니면 아흔 살인가? 글씨조차 너무 산만해서 알아볼 수 없게 되어 버렸군요.)이라는 말이나 덧붙일 수는 없는 노릇이지요. 오전 내내 일하고 나서도 내보일 만한 무게 있고 훌륭한 결론을 얻지 못했다는 사실은 수치스러웠지요. 만일 내가 과거의 W(간결함을 위해 여성을 이렇게 부르기로 했지요.)에 대한 진실을 포착할 수 없다면, 무엇 때문에 미래의 W에 대해 고민하겠습니까? 여성과 여성이 그 무엇에든 — 정치이건 아동이건 급료이건 도덕성이건 무엇이든 간에 — 미치는 영향을 전공하는 그 모든 신사들이 수적으로 우세하고 학식 있는 분들이긴 하지만 그들의 연구를 참조하는 것은 순전히 시간 낭비인 듯했습니다. 그들의 책을 펼치지 않은 채 내버려 두는 편이 차라리 나을 것입니다.

그러나 이러한 생각을 하는 동안 나는 무력감을 느끼고

자포자기의 심정에 빠져 무의식적으로 하나의 그림을 그리고 있었지요. 내 옆에 앉은 사람처럼 결론을 쓰고 있어야 할 곳에 말입니다. 나는 하나의 얼굴, 하나의 형체를 그리고 있었지요. 그것은 '여성의 정신적, 도덕적, 신체적 열등성'이라는 제목의 기념비적 연구서를 집필하는 데 몰두하고 있는 X 교수의 얼굴이자 형상이었습니다. 내 그림에서 그는 여자들에게 매력적인 남성이 아니었지요. 그는 육중한 몸에 턱살이 매우 늘어졌으며 거기 균형이라도 맞추듯 눈은 아주 작았습니다. 그는 얼굴이 아주 붉게 상기되어 있었습니다. 글을 쓰는 동안 그의 표정은 어떤 불쾌한 벌레를 죽이듯이 펜으로 종이를 찌르게 하는 감정에 휘둘려 일하고 있음을 보여 줍니다. 그러나 그는 그 벌레를 죽였을 때조차도 만족한 듯 보이지 않았습니다. 그는 계속 그것을 죽여야 합니다. 그렇게 해도 분노와 짜증의 원인은 여전히 남아 있으니까요. 내 그림을 보며 나는 물어보았습니다. 그 원인은 그의 아내였을까? 그의 아내가 기병대 장교와 사랑에 빠졌을까? 그 기병대 장교는 날씬하고 우아하며 아스트라한 모피를 입었을까? 프로이트의 이론을 이용해서 말하자면, 그는 어린 시절 요람에서 어여쁜 소녀에게 조롱받은 적이 있었을까? 왜냐하면 그 교수는 요람에서조차 귀여운 아기였을 리 없기 때문입니다. 그 이유가 무엇이건 간에 여성의 정신적, 도덕적, 신체적 열등성에 관한 위대한 책을 쓰고 있는 그 교수는 내 스케치에서 아주 화가 나고 몹시 추한 모습으로 그려졌습니다. 그림을 그리는 일은 무익한 오전 작업을 끝내는 방법으로는 나태한 것이었지요. 하지만 우리의 나태함에서, 우리의 헛된 공상에서 가라앉았던 진실이 때로는 표면으로 떠오르기도 합니다. 정신 분석이라는 거창한 이름으로 위엄을 갖출 필요도 없이 그저 심리학에 대한 기초적인 훈련만으로도 나는 공책을 보면서 그 분노한 교수의 얼굴이 나의 분노로 그려졌다는 것을 알았습니다. 내가 공상하는 동안 분노가 연필을 낚아챘던 것입니다. 그러나 분노가 거기서 무엇을 하고 있었을까요? 흥미, 당혹감, 즐거움, 지루함 — 이 모든 감정들이 오전 내내 잇따라 지나갈 때 나는 그것들을 추적하고 이름을 붙일 수 있었습니다. 그것들 사이에 분노가, 그 검은 뱀이 잠복하고 있었던 것일까요? 그래, 분노가 도사리고 있었다고 스케치가 알려 주었습니다. 그 그림은 내게 그 악마를 일깨운 한 권의 책, 하나의 문구를 의심의 여지없이 일러 주었습니다. 그것은 여성의 정신적, 도덕적, 신체적 열등성에 대한 그 교수의 진술이었지요. 심장이 뛰고 뺨에서 열이 나며 분노로 얼굴이 붉어졌습니다. 그것은 어리석긴 하지만 그리 주목할 만한 현상은 아니었지요. 거칠게 숨을 쉬며 기성품 넥타이를 매고 두 주 동안 면도하지 않은 조그만 남자(나는 내 옆의 학생을 보았지요.)보다 자기 자신이 천성적으로 열등하다는 말을 듣고 싶진 않은 법이니까요. 사람들에겐 어떤 어리석은 허영심이 있습니다. 하지만 그건 단지 인간의 본성일 따름이라고 생각하며 나는 분노한 교수의 얼굴 위에 수레바퀴와 원을 그리기 시작했습니다. 마침내 그는 타오르는 덤불이나 불꽃을 튀기는 혜성같이 보이게 되었고, 어쨌든 인간의 형체나 의미를 갖지 않는 환영이 되었지요. 이제 그 교수는 햄프스테드 히스[14]의 꼭대기에서 타오르는 장작더미처럼 보였습니다. 이내 나의 분노는 설명되었고 사라졌습니다. 그러나 호

14 런던 북서부의 고지대 햄프스테드에 있는 공원. — 옮긴이

기심이 남았지요. 그 교수님들의 분노를 어떻게 설명할까? 왜 그들은 화가 났을까? 왜냐하면 이 책들이 남긴 인상을 분석해 볼 때 거기엔 항상 열기가 존재했으니까요. 이 열기는 여러 가지 형태를 띠었고 때로 풍자에서, 정감에서, 호기심에서, 질책에서 그 모습을 드러냈지요. 그러나 종종 실재하지만 쉽게 이름 붙일 수 없는 또 다른 요소가 있었습니다. 나는 그것을 분노라고 불렀지요. 그러나 그 분노는 지하로 숨어 들어가 온갖 종류의 다른 감정들과 뒤섞인 것이었습니다. 그것이 미치는 기묘한 효과로 판단컨대, 그것은 단순하고 공공연한 분노가 아니라 복합적이고 감춰진 분노였지요.

나는 책상 위에 산더미처럼 쌓인 책들을 살펴보며 그 이유가 무엇이든지 간에 이 책들은 모두 내 목적에 무가치하다고 생각했습니다. 이 책들이 인간적으로는 교훈과 흥미와 권태와 피지 섬 주민들의 관습에 대한 기이한 사실들로 가득 차 있을지 모르지만 과학적으로는 무가치했습니다. 그것들은 진실의 흰빛이 아니라 감정의 붉은빛으로 쓰였으니까요. 그러므로 그것들은 중앙 탁자로 되돌아가서 거대한 벌집 속 각각의 방으로 반송되어야 합니다. 내가 오전 내내 일하면서 얻어낸 것은 분노라는 하나의 사실이었지요. 그 교수님들(나는 그들을 총괄하여 이렇게 말합니다.)은 분노하고 있었습니다. 책을 돌려주고 나서 왜냐고 자문했지요. 주랑 아래 비둘기들과 선사 시대의 카누 사이에 서서 무엇 때문일까 반복해 물었습니다. 왜 그들은 화가 났을까? 스스로에게 이런 질문을 던지면서 나는 점심 먹을 곳을 찾아 천천히 걸었습니다. 내가 일단은 분노라고 이름 붙인 그 감정의 진정한 성격은 무엇일까 자문했지요. 이것은 대영 박물관 근처 어딘가의 작은 식당에서 음식을 기다리는 동안 지속된 수수께끼였습니다. 누군가 먼저 점심을 먹은 사람이 의자 위에 석간신문의 초판을 남겨 놓았습니다. 그래서 음식이 나오기 전에 한가롭게 표제를 읽기 시작했지요. 아주 큰 글자들이 길게 신문 지면을 가로지르고 있었지요. 어떤 사람이 남아프리카에서 크게 성공했답니다. 그보다 짧은 줄은 오스틴 체임벌린 경이 제네바에 있다는 사실을 알렸습니다. 어느 지하실에서 고기 자르는 도끼가 발견되었는데 사람의 머리칼이 붙어 있었답니다. 모 재판관이 이혼법정에서 여성의 파렴치함에 대해 논평했답니다. 그 밖의 뉴스 조각들이 신문에 흩어져 있었습니다. 한 여배우가 캘리포니아의 산꼭대기에서 늘어뜨려진 채 공중에 매달려 있었지요. 안개가 낄 거라고 합니다. 이 혹성에 일시 방문한 사람이라도 이 신문을 집어 들면 여기 산재한 증언으로 보아 영국이 가부장제의 지배하에 있다는 사실을 의식하지 않을 수 없을 겁니다. 제정신을 가진 사람이라면 그 교수님의 지배력을 간파하지 않을 수 없습니다. 권력과 돈과 영향력은 그의 것입니다. 그는 그 신문의 소유자이고 편집장이며 부주필입니다. 그는 외무대신이며 재판관이고 크리켓 선수입니다. 그는 경주마와 요트를 소유하고 있고 주주들에게 200퍼센트의 배당금을 지급하는 회사의 중역입니다. 그는 자기가 운영하는 대학과 자선 단체에 수백만 파운드를 남겼습니다. 그는 여배우를 공중에 달아맸습니다. 그는 고기 자르는 도끼에 붙은 털이 인간의 것인지 아닌지 결정할 것입니다. 살인자에게 무죄를 선고해 석방하거나 아니면 유죄를 선고해 목매다는 것도 그 사람입니다. 안개를 제외하고는 모든 것을 지배할 수 있는 듯합니다. 그런데도 그는 화가 났습니다. 이런 점에서 나는 그가 화났다는 사실을 알 수 있었지요. 여성에 대한 그의 글을 읽으며 나는 그의 글이 아니라 그 사람 자신에 대해 생각했습니다. 한 논자가 감정에 휩쓸리지 않고 공정하게 논의를 펼칠 때, 그는 오로지 그 논의만 생각하고 있고 따라서 독자들도 그 논의를 생각하지 않을 수 없습니다. 만일 그가 여성에 관해 공정하게 썼더라면, 자신의 주장을 입증하기 위해 누구도 논박할 수 없는 증거를 동원했다면, 그 결과가 다른 게 아니라 이것이기를 바란다는 흔적을 보이지 않았더라면, 독자도 분개하지 않았을 것입니다. 독자는 그 주장을 수긍했겠지요. 완두콩은 녹색이고 카나리아는 노란색이라는 사실을 받아들이듯 말입니다. 따라서 나도 그렇지 하고 말했을 테지요. 그러나 그가 분개했기 때문에 나도 분노했습니다. 하지만 이 모든 권력을 가진 사람이 분개하는 것은 불합리해 보인다고 나는 석간신문을 넘기며 생각했습니다. 아니면, 분노란 권력을 좇아다니는 친숙한 유령일까요? 예를 들어 부자들은 가난한 사람들이 자신들의 재산을 빼앗고 싶어 한다고 의심하기 때문에 종종 분개합니다. 교수님들, 아니 더 정확하게 부르자면 가장(家長)들은 부분적으로 그런 이유 때문에 분개하겠지만 또 부분적으로는 겉으로 명백히 드러나지 않는 이유 때문에 분개합니다. 어쩌면 그들은 전혀 '분노하지' 않았을지도 모릅니다. 실제로 사적인 인간관계에서 종종 그들은 여성에게 헌신적이며 모범적인 찬미자들입니다. 그 교수가 여성의 열등함에 대해 좀 지나치게 힘주어 주장했을 때 어쩌면 그는 여성의 열등함보다는 자기 자신의 우월함이 손상되지나 않을까 더 염려하고 있었을 겁니다. 그것이 그에게는 무한한 가치를 지닌 희귀한 보석이었기에 대단히 격렬하게 그리고 지나치게 강조하면서 간직해 온 것이지요. 어느 성(나는 보도에서 어깨를 스치며 지나가는 사람들을 바라보았지요.)에게나 삶은 힘들고 어려운 영속적인 투쟁입니다. 그것은 어마어마한 용기와 힘을 요구합니다. 그리고 우리같이 환상을 지닌 피조물에겐 그것은 아마 다른 무엇보다도 자기 자신에 대한 자신감을 필요로 할 겁니다. 자신감이 없다면 우리는 요람에 누운 아기와 마찬가지이지요. 이 측정할 수 없이 가벼운, 그러나 무한한 가치가 있는 자질을 어떻게 해야 가장 신속하게 획득할 수 있을까요? 다른 사람들이 자신보다 열등하다고 생각함으로써 가능하겠지요. 자기 자신에게 다른 사람보다 천성적으로 우월한 점(재산이거나 신분, 곧은 콧날이거나 롬니[15]가 그린 조부의 초상화일 수도 있겠지요. 인간의 상상력이 빚어낸 애처로운 책략에는 끝이 없으니까요.)이 있다고 느낌으로써 가능할 겁니다. 그러므로 통치해야 하고 정복해야 할 가장에게 있어서 다수의 사람들, 사실 인류의 절반이 자신보다 열등하다고 느끼는 것은 막대한 중요성을 가질 겁니다. 그것이 실상 그의 권력의 중요한 원천 중 하나겠지요. 그러나 이제 이 관찰로 실제 생활을 조명해 보도록 합시다. 그것이 일상생활의 여백에 기록해 둔 심리적 곤혹감 몇 가지를 설명하는 데 도움이 될까요? 일전에 아주 친절하고 겸손한 남성인 Z 씨가 레베카 웨스트의 책을 집어 들고 한 단락을 읽은 후 "터무니없는 여성 해방론자로군. 그녀 말에 의하면 남자들은 속물이라네!"라고 소리쳤을 때 내가 느꼈던 경악을 설명할 수 있을까요? 그 외침은 아주 놀라웠는데 (웨스트

15 조지 롬니(1734~1802): 18세기 말 영국 상류 사회에서 인기를 끌었던 초상화가. — 옮긴이

양이 남성에 대한 찬사는 아닐지라도 어쩌면 진실일지도 모를 진술을 했다고 해서 그녀를 터무니없는 여성 해방론자라고 부를 이유가 있을까요?) 그것은 그저 상처 입은 허영심의 외침은 아니었습니다. 오히려 자기 자신에 대한 믿음을 침해당한 데 항의한 것이지요. 여성은 지금까지 수세기 동안 남성의 모습을 실제 크기의 두 배로 확대 반사하는 유쾌한 마력을 지닌 거울 노릇을 해 왔습니다. 그 마력이 없었다면 지구는 아마 지금도 늪과 정글뿐일지도 모르지요. 온갖 전쟁의 위업은 알려지지 않았을 것이고 우리는 아직도 양의 뼈다귀에 사슴의 윤곽을 긁어놓거나 부싯돌을 양가죽이나 미개한 취향에 걸맞은 단순한 장식물과 교환하고 있을 겁니다. 초인이나 운명의 손은 존재하지 않았을 것이고, 러시아 황제와 로마 황제는 왕관을 써 본 적도 빼앗긴 적도 없었을 겁니다. 문명사회에서 거울의 용도가 무엇이건 간에, 거울은 모든 격렬하고 영웅적인 행위에 필수적인 것입니다. 바로 이런 이유 때문에 나폴레옹과 무솔리니는 여성의 열등함을 아주 힘주어 강조합니다. 만일 여성이 열등하지 않다면 거울은 남성을 확대시키기를 그만둘 테니까요. 그것은 여성이 남성에게 무척 빈번히 필요한 이유를 설명하는 데 일면 도움이 됩니다. 남성이 여성의 비판을 받고 안절부절못하는 것도 설명해 주지요. 여성이 남성들에게 이 책은 좋지 않다거나 이 그림은 형편없다거나 그 밖의 어떤 비평을 할 때마다, 똑같이 비평하는 남성들에 의해 야기되는 것보다 더 큰 분노를 일으키고 더 큰 고통을 준다는 사실도 설명해 줍니다. 만일 여성이 진실을 말하기 시작한다면, 거울 속의 형체는 오그라들 것이고 삶에 대한 적응력도 감소될 것입니다. 아침 식사와 저녁 식사에서 최소한 실제 크기의 두 배인 자기 모습을 볼 수 없다면 그가 어떻게 계속해서 판결을 내리고 원주민을 교화하며 법률을 제정하고 책을 집필하며 정장을 차려입고 연회에서 장광설을 늘어놓을 수 있겠습니까? 빵을 잘게 부수고 커피를 저으며, 거리를 지나가는 사람들을 이따금 바라보면서 나는 이렇게 생각했지요. 거울의 환영은 활력을 충전시키고 신경 조직을 자극하기 때문에 더없이 중요한 것입니다. 그것을 빼앗아 보십시오. 그러면 남성은 코카인을 빼앗긴 마약 중독자처럼 죽을 것입니다. 보도 위의 절반의 사람들이 그 환상의 주문에 홀려 활보하며 일터로 가고 있다고 나는 창밖을 내다보며 생각했지요. 그들은 아침이면 그 주문의 쾌적한 광선을 받으며 모자를 쓰고 코트를 입지요. 그들은 자신만만하게 분발하여 스미스 양의 티 파티에 자신의 존재가 필요하다고 믿으며 그날을 시작합니다. 그들은 방으로 들어서며 스스로에게 말하지요. 나는 여기 모인 사람들의 절반보다 우월하다고 말입니다. 그리하여 그들은 자신감과 자기 확신을 가지고 이야기하고, 그 자신감으로 인해 공적 생활에서 중요한 결과를 낳았으며 사적인 마음의 여백에 그런 이상한 메모를 남기게 되는 것입니다.

그러나 남성의 심리라는 위험하고도 매력적인 주제에 대한 이러한 기여(이것은 바라건대 당신에게 연 500파운드의 수입이 있어야 탐구할 수 있는 주제입니다.)는 점심 값의 지불로 중단되었지요. 총액이 5실링 9펜스였습니다. 나는 웨이터에게 10실링짜리 지폐를 주었고 그는 거스름돈을 가지러 갔습니다. 내 지갑에는 10실링짜리 지폐가 한 장 더 있었지요. 나는 그것을 눈여겨보았습니다. 왜냐하면 내 지갑에서 10실링짜리 지폐가 자동적으로 나올 수 있다는 것은 아직도 숨을 멎게 할 정도로 놀라운 사실이기 때문입니다. 내가 지갑을 열면 그곳엔 지폐가 있지요. 나와 이름이 같다는 이유로 한 숙모님이 물려준 유산에서 나오는 몇 장의 종잇조각에 대한 대가로 사회는 닭고기와 커피, 침대와 숙소를 제공해 줍니다.

내 숙모님 메리 비턴은 봄베이에서 바람을 쐬려고 말 타러 나갔다가 낙마하여 죽었습니다. 내가 유산을 받게 되었다는 소식을 들은 것은 여성에게 투표권을 부여하는 법안이 통과되던 당시의 어느 날 밤이었습니다. 한 변호사의 편지가 우편함에 떨어졌으며 그것을 열어 보고 내게 매년 500파운드가 지급되도록 재산이 상속되었다는 사실을 알았지요. 둘 — 투표권과 돈 — 중에서 돈이 더 무한히 중요해 보였다는 사실을 고백해야겠지요. 그전까지 나는 신문사에 잡다한 일자리를 구걸하고 여기에다 원숭이 쇼를 기고하고 저기에다 결혼식 취재 기사를 쓰면서 생계를 이어 나갔습니다. 그리고 봉투에 주소를 쓰고 노부인들에게 책을 읽어 주거나 조화를 만들고 유치원의 어린아이들에게 철자법을 가르쳐 줌으로써 몇 파운드를 벌었지요. 그러한 일이 1918년 이전의 여성들에게 개방된 주된 일거리였습니다. 아마 여러분도 그런 일을 하는 여성들을 알 테니 그 일의 어려움을 상세히 묘사할 필요는 없겠지요. 또한 돈을 벌어 그 돈에만 의존해서 사는 어려움도 언급할 필요가 없을 겁니다. 어쩌면 여러분도 애를 써 보았을 테니까요. 그러나 그런 것보다 더한 고통이라고 지금도 여겨지는 것은 그 당시 내 마음속에서 싹튼 두려움과 쓰라림의 독이었습니다. 무엇보다도, 원하지 않는 일을 늘 하고 있다는 사실, 그리고 항상 부득이하지는 않았지만 그렇게 하는 것이 필요해 보였고 또 모험을 하기에는 너무 큰 이해관계가 걸려 있기에 노예처럼 아부하고 아양을 떨며 그 일을 하고 있다는 사실, 또한 그것을 드러내지 않으면 죽는 것이나 다름없는 단 하나의 재능이 — 작은 것이지만 소유자에게는 소중한 — 소멸하고 있으며 그와 함께 나 자신, 나의 영혼도 소멸하고 있다는 생각, 이 모든 것들이 나무의 생명을 고갈시키며 봄날의 개화를 잠식하는 녹과 같았습니다. 그러나 아까 말했듯이 숙모님이 돌아가셨습니다. 그리고 내가 10실링짜리 지폐를 바꿀 때마다 그 녹과 부식된 부분들은 조금씩 벗겨져 나가고 두려움과 쓰라림도 사라집니다. 나는 은화를 지갑 안에 미끄러뜨리며 생각했습니다. 그 당시의 쓰라림을 기억하건대, 고정된 수입이 사람의 기질을 엄청나게 변화시킨다는 사실은 참으로 놀라운 일이라고요. 이 세상의 어떤 무력도 나에게서 500파운드를 빼앗을 수 없습니다. 음식과 집, 의복은 이제 영원히 나의 것입니다. 그러므로 노력과 노동만 끝나는 것이 아니라 증오심과 쓰라림도 끝나게 됩니다. 나는 누구도 미워할 필요가 없습니다. 아무도 나에게 해를 끼칠 수 없으니까요. 또 누구에게도 아부할 필요가 없습니다. 그가 나에게 줄 것이 없기 때문이지요. 이렇게 하여 나는 스스로 인류의 다른 절반에 대해 아주 미세하나마 새로운 태도를 취하게 되었음을 알게 되었습니다. 어떤 계급이나 성을 뭉뚱그려서 비난하는 것은 불합리한 일이었지요. 대다수의 사람들에게 그들의 행위에 대한 책임을 물을 수 없습니다. 그들은 스스로 억제할 수 없는 본능에 휘둘리고 있으니까요. 그들, 가장들과 교수님들 역시 극복해야 할 끝없는 어려움과 끔찍한 결함을 가지고 있습니다. 그들의 교육은 어떤 점에서는 내가 받은 교육만큼이나 잘못된 것이었지요. 그것은 그들에게서 그만큼 큰 결함을 낳았습니다.

그들이 돈과 권력을 가지고 있는 것은 사실입니다. 그러나 그것은 끊임없이 간을 찢어 내고 허파를 잡아채려는 독수리와 매를 가슴속에 담아 두는 희생을 치르고서야 가능했지요. 소유에 대한 충동과 획득에 대한 걱정은 그들로 하여금 다른 사람들의 땅과 재산을 끝없이 탐내고, 개척지를 만들어 깃발을 세우며, 전함과 독가스를 만들고, 그들 자신의 생명과 자녀들의 생명을 바치도록 몰아갔습니다. 해군 아치(나는 그 기념비에 이르렀습니다.)나 전승 트로피와 대포가 전시된 거리를 걸어 보고 그곳에서 칭송되는 명예가 어떤 것인지 숙고해 보십시오. 아니면 봄날 햇살 속에서 증권 중개인과 위대한 변호사가 돈을 벌고도 더 많은 돈을 벌려고 문 안으로 들어가는 것을 지켜 보십시오. 일 년에 500파운드만 있으면 햇빛을 받으며 살아가기에 충분하다는 것이 엄연한 사실인데 말이지요. 이러한 본능은 가슴에 품어 두기엔 불쾌한 것들이라고 생각했습니다. 케임브리지 공작의 동상을 바라보면서, 지금까지 받아 본 적이 없었을 뚫을 듯한 시선으로 특히 그의 삼각모에 꽂힌 깃털을 바라보면서 숙고했지요. 이런 본능은 삶의 조건에서, 다시 말해 문명의 결핍에서 비롯되는 것들이라고요. 내가 이러한 결함들을 인식하게 됨에 따라 두려움과 쓰라림은 점차 완화되어 연민과 관용으로 바뀌어 갔습니다. 그리고 일이 년이 지나자 연민과 관용도 사라지고 가장 커다란 해방, 즉 사물을 그 자체로 생각하는 자유가 생겨났습니다. 예를 들면 저 건물을 내가 좋아하는가 아닌가? 저 그림은 아름다운가 그렇지 않은가? 내 생각에 그것이 좋은 책인가 나쁜 책인가? 진정 숙모님의 유산은 내게 하늘의 베일을 벗겨 주었고, 밀턴이 우리에게 영원히 숭배하라고 천거한 신사의 크고 위압적인 모습 대신 훤히 트인 하늘을 보여 주었습니다.

이렇게 생각하고 추측하면서 나는 강가의 집으로 돌아가는 길에 들어섰습니다. 가로등이 켜지고 있었고 아침 이후 런던은 형언할 수 없는 어떤 변화로 뒤덮였습니다. 마치 거대한 기계가 하루 종일 일한 후 우리의 도움으로 아주 자극적이고 아름다운 어떤 것, 붉은 눈을 반짝이며 타오르는 듯한 직물을 몇 야드가량 더 자아내고, 뜨거운 숨결로 으르렁거리는 황갈색 괴물을 만들어 놓은 듯했습니다. 집을 채찍질하고 게시판을 덜컹거리게 하는 바람마저 깃발처럼 흔들리는 것 같았습니다.

그러나 내가 사는 작은 거리에는 주로 가정적인 일이 일어나고 있었지요. 도색공이 사다리에서 내려오고 있었고 아이 보는 여자는 유모차를 이리저리 조심스레 밀면서 차를 마시러 육아실로 돌아가고 있었지요. 석탄을 운반하는 인부가 텅 빈 자루들을 차곡차곡 개고 있었고 채소 가게의 주인 여자는 붉은 장갑을 낀 손으로 그날의 수입을 계산하고 있었습니다. 그러나 여러분이 내 어깨에 올려놓은 그 문제에 너무 몰두하고 있었기에 나는 이런 일상적인 광경을 볼 때에도 그것들을 하나의 중심에 연결시키지 않을 수 없었지요. 이러한 직업들 중에서 어느 것이 더 고귀하고 더 필요한 일인지를 판가름하는 것은 백 년 전에도 어려웠겠지만 지금은 더욱 어려울 거라고 생각했습니다. 석탄 인부가 되는 것과 아이 보는 여자가 되는 것 중 어떤 것이 더 나을까요? 여덟 명의 아이를 길러 낸 유모는 10만 파운드를 버는 변호사보다 세상에 더 가치 없는 인물일까요? 그런 질문을 던지는 것은 무익할 겁니다. 아무도 대답할 수 없을 테니까요. 유모와 변호사의 비교 가치는 십 년마다 오르락내리락할 뿐 아니라 현재의 상황에서도 그 가치를 측정할 잣대가 없으니까요. 내가 교수님에게 여성에 관한 그의 논의에서 이것저것 '논박할 수 없는 증거'를 요구한 것은 어리석은 일이었습니다. 누군가가 어느 순간에 어떤 재능의 가치를 말할 수 있다 하더라도 이 가치들은 변화할 것입니다. 백 년이 지나면 이 가치들은 완전히 변하겠지요. 더욱이 앞으로 백 년이 지나면, 집 문 앞에 이르러 생각하건대, 여성은 보호받는 성이기를 그만둘 것입니다. 필연적으로 그들은 한때 자신들에게 허용되지 않았던 모든 활동과 힘든 작업에 참여할 것입니다. 아이 보는 여자는 석탄을 운반할 것이고 가게 주인 여자는 기관차를 운전할 것입니다. 여성이 보호받는 성이었을 때 관찰된 사실에 근거를 둔 모든 가설들은 사라질 것입니다. 예를 들어 (지금 군인 부대가 길거리를 따라 행군하고 있습니다.) 여성과 목사와 정원사가 다른 사람들보다 장수한다는 가설 같은 것 말입니다. 그 보호막을 제거하고, 여성에게 똑같은 활동과 작업을 접하게 하고, 여성을 군인이나 선원, 기관사, 부두 노동자로 만들어 보십시오. 그러면 사람들이 "오늘 비행기를 보았어."라고 과거에 말했듯 "오늘 여자를 한 명 보았어."라고 할 정도로 여자가 남자보다 젊은 나이에, 훨씬 빨리 죽게 될지도 모르는 일 아니겠어요? 여성이 더 이상 보호받는 처지에 있지 않게 되면 어떻게 될까 하고 나는 현관문을 열면서 생각했지요. 그러나 이 모든 생각들이 내 강연 주제인 '여성과 픽션'하고 무슨 관련이 있을까요? 나는 안으로 들어가면서 자문했지요.

3장

저녁이 되어도 어떤 중요한 진술이나 신빙성 있는 사실을 가지고 돌아오지 못했다는 것은 실망스러운 일이었습니다. 여성은 남성보다 가난한데, 그것은 아마도 이러저러한 이유 때문이었겠지요. 어쩌면 지금은 진실에 대한 탐색을 그만두고, 용암처럼 뜨겁고 개숫물처럼 혼탁한 숱한 견해들을 받아들이지 않는 편이 나을 것입니다. 커튼을 내려 산만한 생각을 내몬 후 램프에 불을 밝히고 탐구의 폭을 좁혀서, 의견이 아니라 사실을 기록하는 역사가에게 여성이 어떤 상황 아래 살아왔는지, 전 세기에 걸쳐서가 아니라 영국에서, 예컨대 엘리자베스 시대에 어떠했는지를 말해 달라고 하는 편이 나을 것입니다.

왜냐하면 남성이라면 누구든지 노래와 소네트를 지을 수 있었던 듯한 그 시대에 어떤 여성도 탁월한 문학 작품을 단 한 줄 쓰지 않았다는 사실은 영원한 수수께끼이기 때문입니다. 당시 여성이 처한 상황이 어떤 것이었을까 나는 자문했습니다. 픽션은 상상력에 의한 작업이긴 하지만 조약돌처럼 땅 위에 떨어지는 것이 아닙니다. 과학은 그러할지 모르지만요. 픽션은 거미집과 같아서 아주 미세하게라도 구석구석 현실의 삶에 부착되어 있습니다. 종종 그 부착된 상태는 거의 눈에 띄지 않지요. 일례를 들자면 셰익스피어의 희곡들은 홀로 완벽하게 공중에 매달려 있는 듯 보이지요. 그러나 거미집을 비스듬히 잡아당겨 가장자리에 갈고리를 걸고 중간을 찢어 보면, 이 거미집들은 형체 없는 생물이 공중에서 자아낸 것이 아니라 고통받는 인간 존재의 작업이며, 건강과 돈 그리고 우리가 사는 집처럼 조잡한 물질에 부착되어 있다는 사실을 기억하게 됩니다.

그리하여 나는 역사책들을 꽂아 둔 서가로 가서 최근에 나온 트리벨리언[16] 교수의 『영국사』를 뽑아 들었습니다. 다시 한 번 여성이라는 단어를 찾아본 다음 '여성의 지위'라는 항목을 발견하고 지시된 쪽을 펼쳤지요. 다음을 읽었습니다. "아내에 대한 구타는 남성의 공인된 권리였고, 상층민이나 하층민이나 할 것 없이 수치심을 느끼지 않고 자행했다……. 이와 유사하게," 그 역사가는 계속해서 말했습니다. "부모가 선택한 신사와 결혼하기를 거부하는 딸을 방에 가두고 구타하며 내동댕이친다 해도 여론에 전혀 충격적인 일이 아니었다. 결혼은 개인적인 애정의 문제가 아니었고 가족의 탐욕이 결부된 문제였으며, 특히 '기사도를 중시하는' 상류층에서 그러했다……. 약혼은 종종 당사자들 중 하나 또는 둘 다 요람에 누워 있는 나이에 성사되었으며 유모의 보살핌을 받는 나

16 조지 트리벨리언(1876~1962): 역사학자. 영국 사상사에서 휘그당의 전통을 높이 평가했으며 영국 국체에 깃들어 있는 앵글로색슨적 요소에 깊은 관심을 가졌다. — 옮긴이

이가 채 지나기도 전에 결혼이 이루어졌다." 이때가 초서[17]의 시대 바로 직후인 1470년경입니다. 여성의 지위에 대한 그다음 언급은 약 이백 년 후인 스튜어트 왕조 시대에서나 발견됩니다. "자신의 남편을 선택하는 것은 상류층과 중산층 여성에겐 여전히 예외적인 일이었다. 그리고 남편이 정해지면 그는 최소한 법과 관습이 지켜 주는 한에서 그녀의 지배자이자 주인이었다. 비록 그렇기는 해도," 트리벨리언 교수는 이와 같이 결론을 내리고 있었지요. "셰익스피어의 여성들이나 버니, 허친슨과 같이 신뢰할 만한 17세기 수상록[18]에 등장하는 여성들은 개성이나 성격이 결핍된 것처럼 보이지 않는다." 생각해 보면 클레오파트라는 분명 자기 나름의 행동 방식을 가지고 있었습니다. 맥베스 부인은 자기 나름의 의지를 가졌다고 생각할 수 있습니다. 로잘린드는 매력적인 소녀라고 추정할 수 있겠지요. 트리벨리언 교수가 셰익스피어의 작품에 등장하는 여성들에게 개성이나 성격이 결핍된 듯이 보이지 않는다고 말할 때, 그의 말은 진실입니다. 나는 역사가가 아니므로 한 걸음 더 나아가 유사 이래 모든 시인들의 작품에서 여성들이 횃불처럼 타올랐다고 말할 것입니다. 극작가들의 작품에는 클리템네스트라, 안티고네, 클레오파트라, 맥베스 부인, 페드르, 크레시다, 로잘린드, 데스데모나, 몰피의 공작 부인 등이 존재하고, 산문 작가의 작품에는 밀러먼트, 클라리사, 베키 샤프, 안나 카레니나, 에마 보바리, 게르망트 부인 — 이런 이

17 제프리 초서(1342~1400): 14세기 후반 궁정 대신, 외교관, 공무원을 지낸 영국의 대표적인 시인. — 옮긴이

18 레이디 버니 편집, 『17세기 버니 가문의 수상록』과 루시 허친슨, 『허친스 대령의 생애 회고록』(1810). — 옮긴이

름들이 무리 지어 마음속에 떠오르며, 이 이름들은 '개성이나 성격이 결핍된' 여성을 연상시키지 않습니다. 여성이 남성들이 쓴 픽션에서만 존재한다면, 우리는 그녀를 최고로 중요한 인물이라고 상상할 수 있습니다. 매우 다양하며, 영웅적이거나 비열하고, 빛나거나 천박하며, 무한히 아름답거나 극단적으로 가증스럽고, 남성만큼 위대하기도 하고 또 어떤 사람들 생각엔 남성보다 더욱 위대한 인물이니까요.[19] 그러나 이것은 픽션에 나타난 여성입니다. 실제로는 트리벨리언 교수가 지적하듯이 방에 갇혀 구타당하고 내동댕이쳐졌던 것입니다.

그리하여 아주 기묘하고 복합적인 존재가 생겨납니다. 상상에 있어서 여성은 더없이 중요한 인물이지만, 실제로는 전적으로 하찮은 존재입니다. 시에서는 첫 장에서 마지막 장까지 여성의 존재가 고루 퍼져 있지만, 역사에서는 전혀 존재하지 않습니다. 픽션에서 그녀는 왕과 정복자들의 삶을 지배하

19 "실제로 아테네에서 여성은 노예로서 동양에서와 유사한 억압에 얽매여 있거나 고된 일로 시달린 반면, 무대에서는 클리템네스트라와 카산드라, 아토사와 안티고네, 페드르와 메데이아 그리고 '여성 혐오자'인 에우리피데스의 연극을 거의 모두 지배하는 여주인공들을 산출했다는 것은 설명하기 힘든 기이한 사실이다. 실제 생활에서는 신분이 높은 여성이 혼자 거리에서 얼굴을 들고 다닐 수 없었지만 무대에서는 여성이 남성과 동등하거나 남성을 능가하는 이러한 세계의 모순은 아직 만족스럽게 해명되지 않았다. 현대의 비극에서도 여성이 우월한 현상은 지속된다. 어찌 되었건 셰익스피어의 작품들(말로나 존슨의 작품과는 다르지만 웹스터의 작품과는 유사하게)을 대략적으로 살펴본다 하더라도, 로잘린드부터 맥베스 부인에 이르기까지 여성의 이러한 우월성과 주도권이 존속한다는 사실을 밝히기에 충분하다. 라신에게서도 마찬가지다. 그의 비극 가운데 여섯 편의 제목이 여주인공의 이름이다. 에르미온과 앙드로마크, 베레니스와 록산, 페드르와 아탈리에 대적할 만한 남성 인물들이 과연 존재하는가? 입센의 경우에도 그러하다. 솔베이그와 노라, 헤다와 힐다 반겔 그리고 레베카 웨스트에 필적할 만한 남성을 찾을 수 있을까?"(F. K. 루카스, 『비극』, 114~115쪽)

지만, 실제로는 그녀의 손가락에 강제로 반지를 끼워 준 어느 부모의 아들에 딸린 노예였습니다. 문학에서는 영감이 풍부한 말들, 심오한 생각들이 그녀의 입술에서 흘러나옵니다. 그러나 현실에서 그녀는 거의 읽을 줄 모르고 철자법도 모르며 남편의 재산에 불과했습니다.

확실히 이것은 역사가들의 글을 먼저 읽고 나중에 시인들의 글을 읽음으로써 만들어진 기묘한 괴물이었습니다. 독수리 날개가 달린 벌레, 또는 부엌에서 양의 비계를 떼어 내는 생명과 미의 요정이라고나 할까요. 그러나 이러한 괴물을 상상하기가 무척 재미있는 일이더라도 실제로는 존재하지 않는 것입니다. 그러므로 우리가 그녀를 소생시키기 위해서 해야 할 일은 시적으로 그리고 동시에 산문적으로 생각하는 것이고, 그리하여 사실 — 그녀는 마틴 부인이고 서른여섯 살이며 푸른 옷을 입고 검은 모자를 쓰고 갈색 구두를 신고 있다는 것 — 과 계속 접촉하는 것입니다. 그러나 또한 픽션 — 그녀는 온갖 종류의 정신과 힘이 부단히 흐르며 반짝이는 그릇이라는 — 을 시야에서 놓치지 않아야 합니다. 하지만 엘리자베스 시대의 여성에게 이 방법을 적용해 보려고 하는 순간, 한 부분의 조명이 부족합니다. 즉 사실의 결핍으로 가로막히게 되지요. 그녀에 대한 세세한 사실, 더할 나위 없이 진실하고 실제적인 사실을 전혀 알지 못하니까요. 역사는 여성을 거의 언급하지 않습니다. 그래서 트리벨리언 교수에게는 역사가 무엇을 의미하는지 알아보기 위해서 나는 다시 책을 펼쳤습니다. 각 장의 제목을 보면서 역사란 다음을 의미한다는 것을 알게 되었지요.

"중세 장원과 공동 경작의 방법 …… 시토 수도회와 목양

업 …… 십자군 …… 대학 …… 하원 …… 백년전쟁 …… 장미전쟁 …… 르네상스 학자들 …… 수도원의 해체 …… 농민 투쟁과 종교적 갈등 …… 영국 해군력의 기원 …… 무적함대…….” 이런 것들이었지요. 때로 엘리자베스와 메리 같은 여왕이나 귀부인이 언급되기도 했습니다. 그러나 내세울 것이라고는 두뇌와 개성밖에 없는 중산층 여성들은, 모두 합쳐서 과거에 대한 그 역사가의 개념을 형성한 그 위대한 흐름들의 어디에도 낄 수 없었습니다. 또한 일화를 수집해 놓은 책에서도 여성의 존재를 찾을 수 없습니다. 오브리[20]는 여성을 거의 언급하지 않지요. 또 여성은 자기 자신의 생활을 글로 옮기는 법이 없으며 일기도 거의 쓰지 않습니다. 단지 편지 몇 장만 남아 있지요. 여성은 우리에게 그녀를 판단할 척도가 될 만한 희곡이나 시 한 편 남기지 않았습니다. 우리에게 필요한 것은 (뉴넘이나 거턴 대학의 똑똑한 학생들은 왜 그것을 제공하지 않는 걸까요.) 다량의 정보입니다. 여자들이 몇 살에 결혼하고 통상적으로 아이를 몇 명이나 낳았는가, 그녀의 집은 어떠했을까, 그녀에게 자기만의 방이 있었는가, 그녀가 직접 요리를 했을까, 그녀는 하인을 두고 싶어 했을까? 이 모든 사실들은 어딘가에, 아마도 교구 등기부와 회계 장부에 남아 있을 것입니다. 엘리자베스 시대에 살았던 평범한 여성의 생활에 대한 기록이 어딘가에 산재할 것이므로, 누군가 그것을 모아서 책으로 만들어 낼 수도 있을 겁니다. 나는 서가에 없는 책을 찾으며 생각했지요. 그 유명한 대학의 학생들에게 역사를 다시 쓰라고 제안하는 것은 내가 감히 무릅쓸 수 있는 정도를 넘어선 야

20 존 오브리(1626~1697): 영국의 전기 작가. — 옮긴이

심일 거라고요. 비록 역사라는 것이 사실 약간 기묘하고 비현실적이며 한쪽으로 기운 듯이 보인다는 점은 인정하지만 말입니다. 그러나 그들이 역사에 부록을 한 장 붙여서는 안 되는 걸까요? 거기에 여성이 부적절하지 않게 등장할 수 있도록 물론 눈에 띄지 않는 제목을 붙이고요. 왜냐하면 우리는 종종 위인들의 전기에서 여성이 배경으로 재빨리 물러나거나 — 때로 생각하건대 — 윙크나 웃음, 혹은 눈물을 감추고 있는 것을 흘끗 보게 되니까요. 그리고 요컨대 우리는 제인 오스틴의 생애에 대해서는 충분히 알고 있습니다. 조애너 베일리[21]의 비극들이 에드거 앨런 포의 시에 미친 영향을 다시 고려할 필요는 거의 없겠지요. 나 자신으로 말하자면 메리 러셀 미트퍼드의 집과 그녀가 자주 다니던 곳들이 최소한 일 세기 동안 대중에게 공개되지 않는다 하더라도 개의치 않겠습니다. 그러나 다시 서가를 바라보면서 생각하건대 내가 유감스러워하는 것은 18세기 이전의 여성들에 대해서 알려진 바가 전혀 없다는 사실입니다. 내 마음속에서 이리저리 굴려 볼 만한 모델이 없는 것이지요. 여기서 나는 엘리자베스 시대에 여성들이 왜 시를 쓰지 않았는지를 묻고 있습니다만 그들이 어떤 교육을 받았는지, 글 쓰는 법을 배웠는지, 자기만의 방이 있었는지, 스물한 살이 되기 전에 아이를 낳은 여자는 얼마나 되었는지, 간단히 말해 그들이 아침 8시부터 밤 8시까지 무엇을 했는지 모르고 있습니다. 그들에겐 분명히 돈이 없었지요. 트리벨리언 교수에 의하면 그들은 원하건 원치 않건 간에 아이 방에서 나오기도 전인 대략 열다섯 살이나 열여섯 살쯤 결혼했습니

21 조애너 베일리(1762~1851): 스코틀랜드의 시인이자 극작가. — 옮긴이

다. 이러한 사실만을 놓고 보더라도 만일 그들 중 누군가가 갑자기 셰익스피어의 희곡을 썼더라면 그것은 대단히 기이한 일이었을 겁니다. 지금은 죽었지만 아마 생전에 주교였던 한 노신사가 과거든 현재든 또 미래에서든 여성이 셰익스피어의 재능을 갖는 것은 불가능하다고 공언했던 일이 생각나는군요. 그는 신문에 그 점에 관해 썼습니다. 그는 또한 자신에게 문의한 어떤 부인에게 고양이는 사실상 천국에 가지 않는다고 말했지요. 하지만 고양이에게도 일종의 영혼이 있다고 덧붙였습니다. 이러한 노신사들은 우리가 생각할 거리를 얼마나 많이 덜어 주었는지요! 그들이 접근하면 무지의 테두리가 움찔하며 뒤로 물러나지요! 고양이들은 천국에 가지 않습니다. 여성은 셰익스피어의 희곡을 쓸 수 없지요.

그러나 어쨌든 간에 나는 서가에 꽂힌 셰익스피어의 작품들을 보면서 그 주교가 최소한 이런 점에서는 옳았다고 생각하지 않을 수 없었습니다. 즉 어떤 여성이 셰익스피어 시대에 셰익스피어의 희곡에 버금가는 작품을 쓴다는 것은 완전히 그리고 전적으로 불가능하다는 사실입니다. 셰익스피어에게 놀랄 만한 재능을 가진 누이, 이를테면 주디스라 불리는 누이가 있었다면 어떤 일이 일어났을까를 — 사실을 얻기 어려우니까 — 상상해 보도록 하지요. 셰익스피어 자신은 문법 학교에 다녔음이 거의 확실합니다. 그의 어머니가 유산 상속인이었으니까요. 그곳에서 그는 라틴어 — 오비디우스, 베르길리우스, 호라티우스 — 와 문법 원칙, 논리학을 배웠을 겁니다. 잘 알려져 있다시피, 그는 토끼를 밀렵하고 사슴을 사냥한 거친 소년이었으며, 이웃에 사는 여자와 지나치게 이른 나이에 결혼해야 했고, 그 여자는 적절한 시기보다 훨씬 이르게 아기를 낳았습니다. 그 엉뚱한 짓으로 인해서 그는 출세의 길을 찾아 런던으로 갔지요. 그는 연극을 좋아했습니다. 그래서 무대 출입구에서 말을 돌보는 시종으로 연극 생활을 시작했지요. 곧 그는 극장에서 일거리를 얻게 되었고 성공적인 배우가 되었으며 우주의 중심에서 살았습니다. 모든 사람을 만나고 모든 사람을 알게 되었으며 배우로서의 기술을 익히고 길거리에서 재치를 발휘하고 심지어 여왕의 궁전에 접근하기도 했지요. 그동안 특별한 재능을 가진 그의 누이는 집에 남아 있었다고 가정해 봅시다. 그녀도 셰익스피어만큼이나 모험심이 강하고 상상력이 풍부하며 세계를 알고 싶은 열망에 가득 차 있었습니다. 그러나 그녀는 학교에 다니지 못했지요. 그녀에게는 호라티우스와 베르길리우스를 읽을 기회는커녕 문법과 논리학을 접할 기회조차 없었습니다. 그녀는 때때로 책을, 아마도 오빠의 책이었겠지만, 집어 들고 몇 쪽을 읽었지요. 그러면 그녀의 부모님이 들어와서 양말을 꿰매거나 국을 끓이는데 신경을 쓰라고, 책이나 논문 따위를 붙들고 멍하니 시간을 보내지 말라고 말했습니다. 그들은 호되게 나무랐지만 그것은 선의에서 나온 꾸지람이었을 겁니다. 왜냐하면 그들은 여자들의 삶의 조건이 어떠한지를 아는 현실적인 사람들이었으며, 딸을 사랑했기 때문입니다. 참으로 그녀는 아버지에게 눈에 넣어도 아프지 않을 존재였을 겁니다. 그녀는 아마 사과 창고에서 은밀히 몇 쪽을 휘갈겨 썼겠지요. 하지만 조심스럽게 숨기거나 불에 태웠지요. 그녀는 십 대를 벗어나기도 전에 이웃에 사는 양털 중개상의 아들과 약혼하게 되었습니다. 자신은 그 결혼이 혐오스럽다고 소리쳤지요. 그 때문에 그녀는 아버지에게 심하게 맞았습니다. 그러고 나서 그는 딸을 더 이상

꾸짖지 않았습니다. 그 대신 자신의 마음을 상하게 하지 말라고, 결혼 문제로 더 이상 망신시키지 말라고 사정했습니다. 그녀에게 목걸이와 멋진 페티코트를 주겠다고 말했지요. 그의 눈에는 눈물이 어렸습니다. 그녀가 어떻게 아버지의 말을 거역할 수 있겠습니까? 어떻게 그녀가 그를 비탄에 잠기게 할 수 있겠습니까? 그러나 그녀 자신의 강렬한 재능이 그녀를 몰아세웠습니다. 그녀는 조그마한 짐을 꾸려 어느 여름날 밤 밧줄을 타고 내려와 런던으로 가는 길에 섰습니다. 그녀는 열일곱 살도 채 되지 않았지요. 산울타리에서 노래하는 새들도 그녀보다 더 음악적일 수는 없었을 겁니다. 그녀는 오빠와 똑같은 재능 즉 단어의 음조에 대한 예리한 상상력을 가지고 있었지요. 셰익스피어와 마찬가지로 그녀는 연극에 소질이 있었습니다. 그녀는 무대 출입구에 서서 연기를 하고 싶다고 말했지요. 남자들은 그녀의 면전에서 폭소를 터뜨렸습니다. 감독 — 뚱뚱하고 입이 가벼운 사람이었는데 — 은 너털웃음을 쳤습니다. 그리고 여자가 연기를 하는 것은 푸들이 춤추는 것과 마찬가지라고 내뱉고는 어떤 여자도 배우가 될 수 없다고 단언했지요. 그가 넌지시 암시했는데, 여러분은 그가 무슨 말을 했는지 상상할 수 있을 겁니다. 그녀의 재능은 훈련을 받을 수 없었지요. 그녀가 선술집에서 저녁을 먹거나 한밤중에 길거리를 배회할 수 있었을까요? 하지만 그녀의 재능은 픽션을 추구했고, 남자들, 여자들의 삶과 그들의 생활 방식을 풍부하게 보고 관찰하기를 갈망했습니다. 마침내 — 그녀는 아주 젊었고 기묘할 정도로 시인 셰익스피어와 얼굴이 닮았으며 똑같은 회색 눈과 둥근 이마를 가졌기에 — 배우 감독인 닉 그린이 그녀를 동정했습니다. 그녀는 그 신사의 아이를 임신했음을 알게 되었고 그래서 (시인의 마음이 여자의 몸속에 갇혀서 엉망으로 뒤엉켜 있을 때 그것이 분출할 열기와 격렬함을 누가 측정할 수 있겠습니까.) 어느 겨울밤 스스로 목숨을 끊었으며 지금은 엘리펀트 앤 캐슬[22] 바깥쪽의 버스 정류장 근처 교차로 어딘가에 묻혀 있습니다.

만일 셰익스피어 시대에 한 여성이 셰익스피어의 재능을 가지고 있었더라면, 이야기가 아마 이렇게 전개되었을 것입니다. 그러나 나 자신은 그 돌아가신 주교님(그가 주교였음이 확실하다면 말입니다.)의 말에 동의합니다. 셰익스피어 시대에 어떤 여성이 셰익스피어의 재능을 갖는다는 것은 생각할 수도 없는 일입니다. 왜냐하면 셰익스피어 같은 천재는 교육받지 못하고 노동하며 노예처럼 사는 사람들 가운데서 태어나지 않기 때문입니다. 그러한 천재는 영국의 색슨족이나 브리튼족에서 태어난 적이 없으며 오늘날 노동 계층에서도 태어나지 않습니다. 그렇다면 그러한 천재가 어떻게 여성들 가운데서 태어날 수 있겠습니까? 트리벨리언 교수에 의하면 여성들은 아이 방에서 나올 나이가 되기 이전부터 가사를 시작해야

22 런던 남부의 한 구역으로서 싸구려 쇼핑센터와 허름한 정부 건물을 둘러싼 거대한 순환 도로로 악명 높다. 이 지명은 원래 헨리 8세의 첫 번째 부인인 캐서린의 이름 '인판타 디 카스틸라(카스티야의 아이)'에서 유래했다. 그녀는 로마 교황청과 스페인, 영국 간의 담합에 따라 헨리 8세와 결혼했으며, 결혼 후 18년이 지난 다음에도 아들을 낳지 못하자 헨리 8세는 결혼 당시 그녀가 처녀가 아니었다는 핑계로 결혼을 무효화하려는 재판을 걸었고, 이 사건을 계기로 로마 교회와 결별하여 영국 국교를 창시했다. 여기서 울프는 이 지명을 통해 여성이 아버지에게서 남편에게로, 그리고 다시 아버지에게로 남성들 사이에서 물건처럼 넘겨지며 억압당한 역사의 한 사례를 암시하는 동시에 허구의 주디스 셰익스피어를 실제 역사 안에 자리 잡게 하면서 그 두 여성의 경험을 교차시킨다. — 옮긴이

했으며, 그렇게 하도록 부모들에게 강요받고 법과 관습의 강제력에 의해 억눌렸던 것입니다. 그러나 어떤 천재가 노동 계층에서 틀림없이 존재했던 것처럼, 여성에게도 분명히 존재했을 것입니다. 이따금 에밀리 브론테 같은 소설가나 로버트 번스 같은 시인이 밝게 타올라 그 존재를 입증합니다. 그러나 분명 그 천재성은 글로 옮겨지지 못했습니다. 하지만 사람을 피해 달아나는 마녀, 악마에 사로잡힌 여자, 약초를 파는 현명한 여인, 또는 어느 탁월한 남성의 어머니에 관해서 읽게 될 때, 우리는 잃어버린 소설가나 억눌린 시인, 즉 제인 오스틴이나 에밀리 브론테에 필적할 만한 재능을 갖고 있지만 그 재능으로 인해 고통받고 제정신을 잃어서 얼굴을 일그러뜨리고 길거리를 방황하거나 황무지에서 발광하여 자신의 머리를 부숴 버린 무명의 말 없는 작가를 추적할 만한 단서를 얻게 된다고 생각합니다. 실제로 나는 자신들의 이름을 붙이지 않고 많은 시를 쓴 익명의 작가들 중 상당수가 여성이었을 거라고 과감하게 추측합니다. 에드워드 피츠제럴드는 발라드나 민요를 만들어 내어 나지막한 소리로 아이들에게 불러 주거나 노래를 부르며 실을 자아 기나긴 겨울밤을 잊은 사람들이 바로 여성이었음을 시사한 적이 있습니다.

이것은 사실일 수도, 그렇지 않을 수도 있겠지요. 누가 알 수 있겠습니까? 그러나 내가 지어낸 셰익스피어 누이의 이야기를 검토하면서 생각하건대 그 이야기에서 사실이라 할 수 있는 점은, 16세기에 태어난 위대한 재능을 가진 여성은 틀림없이 미치거나 총으로 자살하거나 또는 마을 변두리의 외딴 오두막에서 절반은 마녀, 절반은 요술쟁이로 공포와 조롱의 대상이 되어 일생을 끝마쳤을 거라는 것입니다. 왜냐하면 시적 재능을 발휘해 보려고 시도한 천부적 재능을 지닌 여성은 다른 사람들에 의해 방해받고 저지되었으며 자기 내면에서 상충하는 충동들로 고통받고 갈가리 찢겨서 틀림없이 건강과 온전한 정신을 잃었을 거라고, 심리학에 대한 지식이 거의 없어도 확신할 수 있기 때문입니다. 어떤 소녀라도 런던까지 걸어간 뒤 무대 출입구에 서서 기웃거리며 배우 감독이 있는 곳에 억지로 밀치고 들어가려 했다면 스스로에게 극심한 상처를 입히지 않을 수 없었을 것이고, 불합리하지만 (순결이란 어떤 사회들이 알 수 없는 이유로 만들어 낸, 맹목적 숭배의 대상이었으니까요.) 그럼에도 불구하고 피할 수 없는 고뇌를 겪지 않을 수 없었을 겁니다. 그 당시 순결이란, 지금도 거의 마찬가지이지만, 여자들의 생활에서 종교적인 중요성을 가진 것이었고 여성의 신경과 본능을 휘감았으므로 그것을 자유로이 절단해 한낮의 햇빛에 노출하려면 극히 드문 용기가 필요했을 겁니다. 시인이나 극작가인 여성에게 16세기의 런던에서 자유로이 생활한다는 것은 신경의 긴장과 딜레마를 의미했을 것이고 그 때문에 그녀는 당연히 죽을 수밖에 없었을 것입니다. 만일 그녀가 살아남았다면 그녀가 쓴 것은 무엇이든 팽팽히 긴장된 병적인 상상력의 소산이었으므로 비틀리고 불구가 되었겠지요. 그리고, 여성이 쓴 희곡이 단 한 편도 없는 서가를 바라보며 생각하건대, 의심할 바 없이 그녀의 작품은 서명되지 않은 채 출간되었을 겁니다. 틀림없이 그녀는 그 도피처를 찾았을 겁니다. 그것은 심지어 19세기까지도 여성에게 익명이기를 요구한 정조관의 유산이었지요. 커러 벨,[23] 조지 엘

23 샬럿 브론테의 필명. — 옮긴이

리엇, 조르주 상드, 이들의 작품이 입증하듯이 이 내면적 투쟁의 희생자들은 남성의 이름을 사용함으로써 비효과적으로나마 자신을 베일로 가리려 애썼습니다. 그리하여 이들은 남성이 주입하지는 않았더라도 남성이 적극적으로 권장한 관습(여성에게 있어 최고의 명예는 사람들에게 거론되지 않는 것이라고, 자기 자신은 대단히 많이 거론되는 사람인 페리클레스가 말했지요.), 즉 여성에게 있어서 널리 알려진 평판이란 혐오스러운 것이라는 관습에 경의를 표한 것이지요. 익명성이 여성의 핏줄에 흐르고 있습니다. 스스로를 베일로 가리려는 욕구는 아직도 그들을 사로잡고 있지요. 지금도 그들은 명성에 대해서 남자들만큼 신경 쓰지 않으며, 또 대체로 묘비나 길 안내판을 지나면서 거기에 자신의 이름을 새겨 넣고 싶은 억누를 수 없는 욕망을 느끼지도 않습니다. 앨프, 버트, 체스와 같은 남성들은 멋있는 여자 또는 개 한 마리라도 지나가는 것을 보면 "저 개는 내 거야."라고 중얼거리는 자신들의 본능에 따라서 그렇게 느끼겠지요. 물론 그것은 단지 개 한 마리가 아니라 땅 조각이거나 검은 고수머리의 남자일 수도 있을 거라고 나는 의사당 광장과 지게스 알레[24] 그리고 그 밖의 거리를 연상하면서 생각했습니다. 아주 멋진 흑인 여자를 영국 여자로 만들고 싶다고 느끼지 않으면서 지나칠 수 있는 것은 여성만이 누리는 커다란 이점이라 할 수 있습니다.

그렇다면 16세기에 시적 재능을 가지고 태어난 여성은 스스로에 대한 투쟁을 벌여야 하는 불행한 여성이었을 겁니다.

24 의사당 광장은 런던의 국회 앞에 있으며 기념비적 조각상들로 유명하고, 지게스 알레('승리의 거리')는 베를린에 있다. — 옮긴이

그녀의 삶의 모든 조건과 그녀의 모든 본능은, 두뇌에 간직된 그 무엇이든 자유롭게 풀어놓기 위해 필요한 마음 상태에 적대적이었을 겁니다. 그러나 창조 행위에 가장 순조로운 마음 상태는 어떠한 것일까요? 그 익숙하지 않은 행위를 가능케 하고 촉진시켜 주는 상태를 이해할 수 있을까요? 여기서 나는 셰익스피어의 비극들을 수록한 책을 펼쳐 들었습니다. 예컨대 셰익스피어가 『리어 왕』과 『안토니와 클레오파트라』를 썼을 때 그의 마음 상태는 어땠을까요? 확실히 그것은 지금까지 존재해 온 마음들 중에서 시를 쓰는 데 가장 알맞은 상태였습니다. 그러나 셰익스피어 자신은 그것에 대해 아무 말도 하지 않았지요. 우리는 그저 그가 "한 줄도 휘갈겨 쓰지 않았다."라는 사실만 우연히 알고 있을 따름입니다. 예술가가 자신의 마음 상태에 대해 조금이라도 언급하게 된 것은 18세기 이후입니다. 아마 루소가 처음 시작했을 겁니다. 어쨌든 19세기가 되어 자의식이 상당히 발달하면서 문인들이 자신들의 마음 상태를 고백록이나 자서전에 묘사하는 것이 관행이 되었지요. 또한 그들의 전기도 저술되었고, 사후에 편지도 인쇄되었습니다. 그리하여 우리는 셰익스피어가 『리어 왕』을 썼을 때 어떤 마음 상태였는지는 모르지만, 칼라일이 『프랑스 혁명』을 썼을 때 무엇을 경험했으며 플로베르가 『보바리 부인』을 썼을 때 어떤 심정이었는지, 또 키츠가 다가오는 죽음과 무관심한 세상에 대항하여 시를 쓰려고 했을 때 무엇을 겪었는지는 알고 있습니다.

그리고 현대의 숱한 고백 문학과 자기 분석 문학을 보건대, 천재적인 작품을 쓰는 것은 거의 언제나 막대한 시련의 위업이라는 사실을 추측할 수 있지요. 위대한 작품이 작가의 마음에서 완전하고 총체적인 모습으로 나타날 가능성을 거스르는 것들이 도처에 존재합니다. 일반적으로 물적 환경이 그것에 적대적이지요. 개들이 짖을 것이고 사람들이 방해할 것이며 돈을 벌어야 하고 건강은 악화될 겁니다. 게다가 이 모든 곤경을 가중시키고 더욱 견디기 어렵게 만드는 것은 세상의 악명 높은 무관심입니다. 세상은 사람들에게 시나 소설, 역사를 쓰라고 부탁하지도 않고 필요로 하지도 않습니다. 세상은 플로베르가 정확한 단어를 찾든지 말든지, 칼라일이 이런저런 사실을 면밀하게 입증하든지 말든지 전혀 신경을 쓰지 않습니다. 당연히 세상은 자신이 원하지 않는 것에 대해 보상을 치르지 않겠지요. 그래서 키츠나 플로베르, 칼라일 같은 작가들은 특히 창조적인 젊은 시절에 온갖 형태의 분열과 낙담을 경험합니다. 자기 분석과 고백을 담은 책에서는 저주와 고통의 비명이 솟구치지요. "비참하게 죽은 위대한 시인들."—이것이 그들 노래의 무거운 짐입니다. 이 모든 시련에도 불구하고 무엇인가가 나온다면 그건 기적입니다. 그리고 처음에 구상되었던 대로 온전하게 손상되지 않은 상태로 태어나는 책은 아마 없을 것입니다.

그러나 여성들에게 이러한 시련은 무한히 가중된다고 나는 텅 빈 서가를 보며 생각했지요. 우선 조용한 방이나 방음 장치가 된 방은 말할 것도 없고, 여성이 자기만의 방을 갖는 것은 그녀의 부모가 보기 드문 부자이거나 대단한 귀족이 아니라면 19세기 초까지 전혀 불가능한 일이었지요. 아버지의 아량에 달려 있던 용돈은 옷을 사 입는 데나 족할 정도였으므로 그녀는 키츠나 테니슨, 칼라일처럼 가난한 남성들에게도 허용되었던 도보 여행이나 짧은 프랑스 여행, 누추한 곳이라 하더라도 그들을 가족의 압제와 권리 주장으로부터 보호해 줄 독립된 숙소 등 그녀의 고통을 덜어 줄 수 있는 것으로부터 완전히 배제되었습니다. 그런 물질적 곤경도 만만치 않았지만 비물질적인 시련은 더욱 가혹했습니다. 키츠와 플로베르와 그 밖의 천재적인 남성들이 몹시 견디기 힘들어했던 세상의 무관심이 그녀에게는 무관심 정도가 아니라 적대감이었습니다. 세상은 남자들에게 말하듯이 "네가 원한다면 써라. 내게는 아무 상관도 없으니까."라고 말하지 않습니다. 세상은 너털웃음을 터뜨리며 "글을 쓴다고? 네가 글을 쓰는 것이 무슨 소용이 있느냐는 말이냐?"라고 말하지요. 다시 한 번 서가 위의 텅 빈 공간을 바라보면서 나는 생각했습니다. 여기서 뉴넘과 거턴의 심리학자들이 우리를 도와주어야 한다고 말이지요. 지금은 용기의 좌절과 낙담이 예술가의 마음에 미치는 영향에 대해서 측정해야 할 때입니다. 나는 유제품 회사에서 보통 우유와 1등급 우유가 쥐의 몸에 미치는 영향을 측정한 것을 본 적이 있습니다. 그들은 쥐 두 마리를 나란히 붙어 있는 상자에 집어넣었는데 그중 하나는 도피적이고 소심하며 왜소한 데 반해 다른 한 마리는 윤기가 흐르고 대담하며 몸집도 컸습니다. 자, 우리가 여성 예술가에게 어떤 먹이를 주었을까? 나는 프룬과 커스터드가 나온 저녁 식사를 기억하면서 자문했습니다. 이 질문에 답하기 위해서는 석간신문을 펼쳐 들고 버컨헤드 경의 견해를 읽기만 하면 되었지요. 하지만 여성들의 글에 대한 버컨헤드 경의 견해를 베끼느라 고생하지는 않겠습니다. 잉 사제장의 견해도 거론하지 않겠습니다. 할리 가(街)의 전문의가 고함을 질러 할리 가의 메아리를 일깨운다 해도 나는 머리카락 한 올 까딱하지 않을 겁니다. 하지만 오스카 브라우닝 씨는 인용하겠습니다. 왜냐하면 그는 한때 케임브리지 대학에서 유명한 인물이었을 뿐 아니라 거턴과 뉴넘의 학생들에게 시험을 치르곤 했기 때문입니다. 오스카 브라우닝 씨는 "어떤 답안지라도 검토하고 나면, 학점과 상관없이, 최고의 여성이라 해도 최저의 남성보다 지적인 면에서 열등하다는 인상이 남는다."라고 천명하곤 했지요. 이 말을 한 후에 그는 자신의 방으로 돌아갔는데 (이 연속되는 부분이 그에게 애정을 느끼도록 해 주고 그를 어느 정도 크고 위엄 있는 인물로 만들어 주지요.) 마구간지기 소년이 소파에 누워 있는 것을 보았지요. "그저 해골같이 뺨은 푹 꺼지고 흙빛인 데다 이는 시커멓고 손발은 충분히 발육된 것 같지 않았다……. '저건 아더로군.' (브라우닝 씨가 말했다.) '정말 소중하고 대단히 고귀한 마음을 지닌 녀석이야.'" 나에게는 이 두 가지 그림이 언제나 서로를 보완해 주는 것으로 여겨집니다. 다행히도 전기가 유행하는 요즈음, 두 개의 그림은 종종 서로를 완성시켜 주기 때문에, 우리는 위인들의 견해를 그들의 말뿐 아니라 그들의 행위에 의해서 해석할 수 있지요.

하지만 오늘날에는 이런 해석이 가능하다 하더라도, 오십 년 전만 해도 중요한 인물들의 입에서 흘러나오는 그러한 견해는 무시무시한 것이었음에 틀림없습니다. 아주 고귀한 동기에서 한 아버지가 자신의 딸이 집을 떠나 작가나 화가 또는 학자가 되기를 바라지 않았다고 생각해 봅시다. "오스카 브라우닝 씨가 뭐라고 말하는지 한번 읽어 보아라." 그는 이렇게 말할 것입니다. 오스카 브라우닝 씨만 있었던 것도 아니지요. 《새터데이 리뷰》도 있었고 그레그 씨 — "여성 존재의 본질은 남자에 의해서 부양되고 남자에게 봉사하는 것이다."라고 역설했지요. — 도 있습니다. 여성에게 지적으로 기대할 만한 것은 전혀 없다는 취지가 담긴 남성의 의견들이 산더미처럼 쌓여 있습니다. 그녀의 아버지가 이러한 견해들을 크게 소리 내어 읽어 주지 않았다 하더라도 어떤 소녀든 혼자서 읽을 수 있었으며 그것을 읽음으로써, 심지어 19세기에도, 그녀의 생명력은 저하되었을 것이고 그녀의 작업은 심각한 영향을 받았을 것입니다. 언제나 항거하고 극복해야 할 주장들 — 이것을 해서는 안 된다, 저것도 할 수 없다. — 이 있었지요. 아마도 소설가에게는 이러한 병균이 더 이상 대단한 영향력을 미치지 않았을 겁니다. 왜냐하면 업적을 남긴 여성 소설가들이 있었으니까요. 그러나 화가에게 그것은 아직도 어느 정도 독침을 담고 있고, 음악가에게는 지금도 번식하고 있는 극히 유해한 세균입니다. 현대의 여성 작곡가는 셰익스피어 시대의 여배우가 처했던 입장에 놓여 있지요. 내가 셰익스피어의 누이에 대해 지어낸 이야기를 기억해 보면, 닉 그린은 연기하는 여자가 춤추는 개를 연상시킨다고 말했습니다. 약 이백 년 뒤에 존슨 박사는 설교하는 여성에 대해서 똑같은 표현을 반복했지요. 지금도 음악에 관한 책을 펼쳐 보면 1928년 현재 작곡을 하려는 여성에 대해 똑같은 말이 사용됨을 알 수 있습니다. "제르맹 타유페르[25] 양에 대해서는 여성 설교자에 대한 존슨 박사의 금언을 음악 용어로 바꿔 반복하기만 하면 된다. '선생, 여자가 작곡하는 것은 개가 뒷다리로 걸어 다니는 것과 마찬가지라오. 그런 일이 잘되지도 않았지만 어쨌든 그런 일이 벌어진다는 사실이 놀라울 따름이오.'"[26] 이와 같이 역

25 제르맹 타유페르(1892~1983): 프랑스의 작곡가. — 옮긴이

사는 정확하게 반복되고 있습니다.

그러므로 나는 오스카 브라우닝 씨의 전기를 덮고 나머지 책들을 밀어 넣으며 결론지었습니다. 19세기에도 여성은 예술가가 되도록 고무되지 않았음이 명백하다고요. 오히려 여성은 냉대받고 얻어맞으며 설교와 훈계를 들었습니다. 그녀의 마음은 이런 사실에 항의하고 저런 사실에 논박할 필요성 때문에 지나치게 긴장되었고 생명력은 위축되었을 겁니다. 여기서 다시 한 번 우리는 여성 운동에 지대한 영향력을 행사해 온 아주 흥미롭고도 불명료한 남성의 복합적인 심리에 근접하게 됩니다. 그것은 여성이 열등하기보다는 남성이 우월하기를 바라는 뿌리 깊은 욕망으로서, 남성을 예술의 전면뿐 아니라 도처에 서 있게 함으로써 여성이 정치에 참여하는 것을 가로막도록 합니다. 심지어 자신에게 위험 부담이 극히 적고, 청원자가 겸손하며 헌신적일 때라도 그렇지요. 심지어 레이디 베스버러조차 정치에 대한 열정에도 불구하고 비굴하게 머리를 숙이며 그랜빌 레버슨 가워 경에게 편지를 써야 합니다. "……정치에 있어서 나의 격렬한 태도와 그 주제에 관한 그렇게 많은 논의에도 불구하고, 나는 어떤 여성도 (요청을 받는다면) 자신의 견해를 제시하는 것 이상으로 이런저런 진지한 사안에 간섭하고 참견할 권리가 없다는 당신의 견해에 전적으로 동의합니다." 그래서 그녀는 아무런 장애와도 맞닥뜨리지 않을 곳, 즉 하원에서의 그랜빌 경의 처녀 연설이라는 그 엄청나게 중요한 주제에 자신의 열정을 쏟게 됩니다. 그 광경은 참 이상한 것이라 생각했지요. 여성 해방에 대한 남성들의

26 세실 그레이, 『현대 음악의 고찰』, 246쪽.

저항의 역사는 어쩌면 해방 그 자체의 역사보다도 더욱 흥미롭습니다. 만일 거턴이나 뉴넘의 어떤 젊은 학생이 사례를 수집하여 이론을 도출해 낸다면 아마 재미있는 책이 만들어지겠지요. 하지만 그 여학생은 자신의 순수한 보물을 지키기 위해 손에 두터운 장갑을 끼고 막대기를 들어야 할 겁니다.

레이디 베스버러의 책을 덮으며 회상하건대, 지금은 우스꽝스럽게 여겨지는 것들이 과거에는 절망적으로 심각하게 받아들여져야 했습니다. 지금은 수탉들의 울음소리라는 꼬리표가 붙은 책에서 오려 내어 여름밤 선정된 청중에게 읽어 주기 위해 보관하는 그 견해들이 한때는 눈물을 자아냈다고 여러분께 장담할 수 있습니다. 여러분의 할머니와 증조할머니 중에서도 눈이 빠지도록 운 사람이 많을 겁니다. 플로렌스 나이팅게일도 고통을 겪으며 큰 비명을 질렀지요.[27] 더욱이, 대학에 들어왔고 자기만의 방 — 아니면 다만 침실 겸 거실이라도 — 을 가지고 있는 여러분이, 천재들은 그러한 견해를 무시해야 하며 자신들에 대한 여론에 개의치 않아야 한다고 말하는 것은 당연합니다. 불행히도, 자신들에 관한 이야기에 가장 신경을 많이 쓰는 사람들이 바로 천재적인 남성과 여성입니다. 키츠를 기억해 보십시오. 그가 자신의 묘비에 새겨 놓은 문구를 생각해 보십시오. 테니슨을 생각해 보고 또 — 그러나 자신에 관한 이야기에 과도하게 신경 쓰는 것이 예술가의 본성이라는, 아주 불행하지만 부정할 수 없는 사실을 자꾸 예시할 필요는 없겠지요. 문학은 사리 분별을 넘어설 정도로 타인의 의견에 신경 쓴 사람들이 파멸한 잔해로 온통 뒤덮여 있습

27 R. 스트레이치의 『대의』에 수록된 플로렌스 나이팅게일의 「카산드라」를 보시오.

니다.

그리고 창조적인 작업을 하는 데 어떤 마음 상태가 가장 적합한가 하는 나의 본래의 물음으로 되돌아가서 생각해 볼 때, 이처럼 민감한 그들의 감수성은 이중으로 불행한 것입니다. 내 앞에 펼쳐져 있는 『안토니와 클레오파트라』를 보면서 추측건대, 예술가의 마음은 자기 속에 내재한 작품을 흠 없이 완전하게 풀어놓으려는 엄청난 노력을 기울이기 위해서 셰익스피어의 마음처럼 작열해야 합니다. 그 안에 어떤 방해물이 있어서도 안 되고 태워지지 않는 이물질이 끼어서도 안 됩니다.

우리가 셰익스피어의 마음 상태에 대해 아무것도 알지 못한다고 말하지만 그런 말을 하는 순간에도 우리는 그의 마음 상태에 대한 어떤 이야기를 하고 있는 겁니다. 아마도 셰익스피어에 대해서 — 던이나 벤 존슨, 밀턴과 비교해 볼 때 — 거의 알지 못하는 이유는 그의 원한이나 악의, 반감이 우리에게 숨겨져 있기 때문입니다. 우리는 작가를 상기시키는 어떤 '계시'에 의해 방해받지 않습니다. 항의하거나 설교하려는 욕구, 자신이 받은 모욕을 공표하거나 원한을 갚으려는 욕구, 세상을 자신이 겪은 곤경과 불만의 증인으로 삼으려는 욕구, 그 모든 욕구가 그에게서는 불타올라 소진되었습니다. 그러므로 그의 시는 방해받지 않고 자유로이 흐르는 것입니다. 만일 자신의 작품을 온전하게 표현할 수 있는 작가가 있었다면 그건 바로 셰익스피어였습니다. 다시 한 번 서가를 보면서 생각하건대, 만일 방해받지 않고 눈부시게 타오를 수 있는 마음이 있었다면 그것은 셰익스피어의 마음이었지요.

4장

그러한 마음 상태에 있는 여성을 16세기에 발견한다는 것은 명백히 불가능한 일이었습니다. 자식들이 손을 모으며 무릎을 꿇고 모여 있는 엘리자베스 시대의 묘비를 생각해 보면, 또 여성들이 젊은 나이에 죽었다는 사실과 답답하고 어두운 방들이 있는 그들의 집을 기억해 보면, 어떤 여성도 그 당시에 시를 쓸 수 없었으리라는 사실을 깨닫게 됩니다. 다소 시간이 흐른 후에 어떤 탁월한 귀부인이 비교적 풍부한 자유와 안락함을 이용하여 자신의 이름을 붙여 무엇인가를 출판하고는 괴물이라고 여겨질 위험을 무릅쓸 것이라 기대할 수 있겠지요. 레베카 웨스트 양의 "어처구니없는 여성 해방론"을 조심스럽게 피하면서 생각하건대, 남성들은 물론 속물이 아닙니다. 그러나 그들은 백작 부인이 시를 쓰려는 노력을 기울일 때 대부분 호의적으로 평가합니다. 그 당시 작위를 가진 귀부인은 무명의 오스틴 양이나 브론테 양보다 훨씬 큰 격려를 받았으리라고 예상할 수 있습니다. 그러나 그녀의 마음은 두려움과 증오심 같은 이질적인 감정으로 혼란스러워졌으며, 그녀의 시도 그러한 혼란의 흔적을 보였으리라 짐작할 수 있지요. 예를 들어 레이디 윈칠시가 있습니다. 나는 그녀의 시집을 서가에서 꺼내며 생각했지요. 그녀는 1661년에 태어났고 혈통으로나 결혼으로나 의심할 나위 없는 귀족이었습니다. 그녀는 자식이 없었고 그리고 시를 썼지요. 그녀의 시들을 펼쳐 보기만 하면 그녀가 여성의 지위에 대해 분노를 터뜨리고 있다는 사실을 발견할 수 있습니다.

우리는 얼마나 영락한 것일까! 그릇된 지배에 영락한,
자연이 빚어낸 바보라기보다 교육이 빚어낸 어릿광대.
어떠한 마음의 진보도 저지된,
우둔하리라 예상되고 설계된 생물.
누군가 더 열렬한 상상력으로 열망에 이끌려
남들 위로 솟아오르려 하면
강력한 반대 당파 끊임없이 나타나,
번영의 희망은 그 두려움에 압도당하지.

확실히 그녀의 마음은 결코 '모든 장애물을 다 태우고 눈부시게 빛나지' 못했습니다. 오히려 그것은 증오와 원한으로 고통받고 분열되어 있지요. 그녀에게 인류는 두 개의 당파로 나뉘어 있습니다. 남성들은 "반대 당파"입니다. 남성을 증오하고 두려워하는 것은 그들이 그녀가 하고자 하는 것, 즉 글쓰기를 가로막을 수 있는 권력을 가지고 있기 때문입니다.

슬프게도! 펜을 드는 여성은
주제넘은 동물이라 간주되어

어떤 미덕으로도 그 결함은 구제될 수 없다네.
그들은 말하지, 우리가 우리의 성과 방식을 착각하고 있다고.
교양, 유행, 춤, 옷 치장, 유희,
이것이 우리가 바라야 할 소양이라고.
쓰고, 읽고, 생각하고, 탐구하는 것은
우리의 아름다움을 흐리게 하고, 시간을 낭비하며,
한창때의 남성 정복을 방해한다고.
반면 지루하고 굴욕적인 집안 살림이
우리의 최고 기술이자 쓰임새라고 누군가는 주장하지.

실제로 그녀는 자신의 글이 결코 출판되지 않을 거라고 가정함으로써 글을 쓰도록 스스로를 고무했으며 슬픈 노래로 자기 자신을 위로했습니다.

몇몇 친구들에게 그대의 슬픔을 노래하라,
그대, 월계관을 쓰도록 태어나지 않았으니
그대의 그늘을 어둡게 드리우고 그곳에서 자족하라.

그러나 그녀의 마음이 증오와 두려움에서 해방되고 쓰라림과 분노를 쌓아 올리지 않을 수 있었다면, 그녀의 내면의 불길이 뜨거웠으리라는 점은 분명합니다. 이따금 순수한 시구들이 흘러나옵니다.

바래어 가는 실크로도 만들지 않겠네,
그 비길 데 없는 장미를 가냘프게.

타당하게도 머리 씨[28]는 이러한 시구들을 칭찬합니다. 생각건대 포프 씨는 다른 시구들을 기억해서 자신의 시에 이용했습니다.

이제 노란 수선화가 나약한 머리를 압도해
향기로운 아픔으로 우리는 쓰러진다네.

이와 같은 시를 쓸 수 있고 자연과 명상에 적합한 마음을 지닌 여성이 분노와 쓰라림을 겪을 수밖에 없었다는 것은 천만번 유감스러운 일입니다. 그러나 그녀에게 달리 어쩔 도리가 있었을까요? 나는 조롱과 폭소, 아첨꾼들의 아부와 전문 시인들의 회의적 태도를 상상하면서 자문했지요. 비록 그녀의 남편이 더없이 친절한 사람이었고 그들의 결혼 생활은 완벽했더라도, 그녀는 글을 쓰기 위해서 틀림없이 스스로를 시골의 한 방에 감금했을 것이고, 어쩌면 쓰라림과 망설임으로 갈가리 찢겼을 겁니다. "틀림없이"라고 말하는 것은 레이디 윈칠시에 관한 사실들을 찾아보려고 할 때, 흔히 그렇듯이, 그녀에 관해 알려진 사실이 거의 없다는 것을 알게 되기 때문입니다. 그녀는 우울증으로 상당한 고통을 받았을 것입니다. 우울증에 사로잡힌 그녀가 어떤 상상을 하는가를 보여 줄 때 최소한 어느 정도는 그 사실을 설명할 수 있습니다.

나의 시는 비웃음을 사고, 내 소일거리는
쓸데없는 어리석음과 주제넘은 결함이라 여겨지지.

28 존 미들턴 머리 편집, 『윈칠시 백작 부인 앤의 시집』(1928)의 서문. — 옮긴이

이와 같이 비난받는 소일거리는, 우리가 찾아볼 수 있는 바로는, 들판을 거닐며 공상하는 무해한 것이었습니다.

내 손은 낯선 것을 더듬기 좋아하고
알려진 평범한 길에서 벗어난다네.
바래어 가는 실크로도 만들지 않겠네,
그 비길 데 없는 장미를 가냘프게.

만일 그녀의 습관이 이러했고 그녀가 이러한 것에서 즐거움을 느꼈다면, 당연히 그녀는 비웃음을 받으리라 예상했을 것입니다. 포프 혹은 게이[29]가 그녀를 "끼적거리려는 참을 수 없는 욕망을 가진 블루스타킹[30]"이라고 풍자했다고 전해지지요. 또한 그녀도 게이를 비웃어 그의 기분을 상하게 했다고 합니다. 그녀는 그의 『트리비아』를 보고 "그는 의자에 걸터앉기보다는 의자 앞에 서서 걸어 다니는 데 적합한 사람"이라고 말했다지요. 하지만 이런 것들은 모두 "수상쩍은 뒷공론"이고 "흥미 없는 일화"라고 머리 씨는 말합니다. 그러나 이 점에서 나는 그의 말에 동의하지 않습니다. 들판을 배회하고 낯선 것들을 생각하기 좋아했으며 아주 경솔하고 현명치 못하게도 "지루하고 굴욕적인 집안 살림"을 경멸했던 이 우울한 귀부인의 이미지를 찾아내고 형상화할 수 있도록, 이런 수상쩍은 뒷공론이라도 더 많이 있었으면 하는

29 존 게이(1685~1732): 시인이자 극작가. 유머 넘치는 풍자와 탁월한 기교가 두드러지는 작품 『거지 오페라』로 유명하다. — 옮긴이

30 청탑파. 18세기 영국 사교계에서 문학에 취미를 가진 여성들을 조롱하여 이르던 말.

것이 내 바람이니까요. 하지만 머리 씨는 그녀가 산만해졌다고 말합니다. 그녀의 재능은 잡초들로 무성하고 가시나무로 뒤덮였지요. 그것은 그 자체가 섬세하고 고귀한 재능이라는 것을 내보일 기회가 없었던 것입니다. 그리하여 나는 그녀의 책을 다시 서가에 돌려놓으며 또 다른 귀부인을 찾아보았습니다. 레이디 윈칠시보다 나이는 많았지만 동시대인이었으며 램의 사랑을 받았던, 변덕스럽고 환상적인 마거릿 뉴캐슬 공작 부인[31]입니다. 그 둘은 전혀 달랐지만 귀족이었고 자식이 없었으며 최고의 남편감과 결혼했다는 점에서 같았습니다. 그들은 시에 대해 똑같은 열정을 불태웠으며, 동일한 이유로 손상되고 볼품없는 모습이 되었지요. 공작 부인의 책을 펴 보십시오. 그러면 똑같은 분노의 토로를 발견하게 됩니다. "여성은 박쥐와 올빼미처럼 장님으로 살고 짐승처럼 노동하며 벌레처럼 죽는다……." 마거릿 역시 시인이 될 수 있었을 겁니다. 우리 시대에서라면 그 모든 행위가 어떤 운명의 바퀴를 돌려놓았을 겁니다. 실제로, 그 거칠고 풍부하며 교육받지 못한 지성을 인류에 도움이 되도록 얽어매고 길들이고 교화할 수 있는 그 무엇이 있었을까요? 그 재능은 운문과 산문, 시와 철학의 급류에 쓸려 뒤죽박죽인 채 쏟아져 나왔고, 그 글들은 지금 아무도 읽지 않는 사절판과 이절판 책들에 응집되어 있습니다. 그녀는 손에 현미경을 들어야 했을 겁니다. 아니면 별을 관측하고 과학적으로 추론하는 법을 배워야 했을 겁니다. 그녀의 기지는 고독과 자유로 변질되었지요. 아

31 마거릿 캐번디시(1623~1673): 뉴캐슬 공작 부인으로 문인이었다. 1814년에 출판된 『수상록』에 에거턴 브리지스 경이 서문을 썼다. — 옮긴이

무도 그녀를 규제하지 않았습니다. 아무도 그녀를 가르치지 않았지요. 교수들은 그녀에게 아첨했고, 궁정에서는 야유를 보냈습니다. 에거턴 브리지스 경은 그녀의 상스러움 — "궁정에서 자라난 높은 신분의 여성에게서 흘러나오는 것으로서" — 에 대해 불평했지요. 그녀는 홀로 웰벡에 들어박혔습니다.

마거릿 캐번디시를 생각하면 무척 외롭고 격렬한 광경이 마음속에 떠오릅니다! 마치 거대한 오이가 정원의 장미나 카네이션 위로 뻗어 나와 그것들을 질식시켜 버린 것처럼 말이지요. "가장 잘 양육된 여성은 공민의 마음을 가진 사람이다."라고 쓸 수 있었던 여성이 터무니없는 것을 휘갈겨 쓰고 모호함과 어리석음으로 점점 깊이 빠져들면서 시간을 허비했으며 마침내 밖으로 나올 때면 사람들이 마차 주위로 몰려들 정도였다는 것은 얼마나 소모적인 일입니까! 분명 그 미친 공작 부인은 똑똑한 소녀들을 겁에 질리게 할 만한 요귀가 되었지요. 나는 공작 부인의 책을 밀어 넣고 공작 부인의 새 책에 관해 도로시가 템플에게 쓴 편지를 기억하고는 도로시 오즈번의 서한집[32]을 펼쳤습니다. "분명 그 불쌍한 여자는 약간 정신이 나갔나 봐요. 그렇지 않다면 책을 쓰려고 무릅쓸 만큼, 그것도 운문으로 쓰려 할 만큼 그렇게 우스꽝스러울 수 없었을 거예요. 나라면 두 주일 동안 잠을 못 잔다 하더라도 그렇게 되지는 않을 거예요."

이처럼 양식이 있고 정숙한 여자라면 책을 쓸 수 없으므

32 훗날 남편이 된 윌리엄 템플에게 쓴 편지를 모아 엮은 책. 공화정 시기에 영국의 한 귀족 처녀가 누린 삶을 흥미롭게 보여 준다. — 옮긴이

로, 민감하고 우울하며 기질적으로 공작 부인과는 정반대인 도로시는 아무것도 쓰지 않았습니다. 편지는 문제가 되지 않았지요. 여성은 아버지의 병상 옆에 앉아서 편지를 쓸 수 있지요. 또 남자들이 대화하는 동안 난롯가에서 그들을 방해하지 않고 쓸 수도 있습니다. 도로시의 서한집을 넘기면서 생각하건대 신기한 점은 그 교육받지 못한 외톨이 소녀가 문장을 구사하고 장면을 만들어 내는 상당한 재능이 있다는 사실입니다. 계속되는 이야기를 들어 보십시오.

"저녁을 먹은 후 우리는 앉아서 이야기를 나눴어요. B 씨가 무언가를 물어보러 들어왔기에 나는 밖으로 나왔지요. 뜨거운 한낮은 책을 읽고 일하면서 보냈고 6시나 7시쯤 바로 집 근처에 있는 공터로 나갔어요. 어린 계집아이들 여럿이 그늘에 앉아 양과 암소를 지키며 발라드를 부르고 있었지요. 나는 그 애들에게 다가가서 그들의 목소리와 아름다움을 책에서 읽은 옛 양치기 소녀들과 비교해 보았어요. 거기에는 상당한 차이가 있었지만, 이 애들도 그 소녀들만큼이나 순진하다고 생각해요. 나는 그 애들과 말을 나누어 보고 그들을 이 세상에서 가장 행복한 사람으로 만들기 위해 더 이상 필요한 것이 없다는 걸 알게 되었지요. 자신들이 가장 행복한 사람들이라는 사실을 깨닫지 못하고 있다는 점만 빼고 말이죠. 우리가 이야기하는 동안 내내 주위를 살펴보던 한 아이는 자신의 암소가 밭에 들어가는 것을 보았어요. 그러자 그 애들 모두 마치 발꿈치에 날개라도 돋친 것처럼 달려갔어요. 나는 그렇게 재빨리 움직일 수 없었기에 뒤에 남아 있었지요. 그 애들이 가축을 우리로 몰고 가는 것을 보고 나 역시 돌아가야 할 시간이라고 생각했어요. 저녁을 먹은 후 정원으로 들어가 그 옆에 흐르는 조그만 개울로 갔지요. 그곳에 앉아 당신이 나와 함께 있다면 하고 바랐어요……."

그녀의 내면에 작가의 소질이 있다고 맹세할 수 있을 정도입니다. 그러나 "나라면 두 주일 동안 잠을 못 잔다 하더라도 그렇게 되지는 않을 거예요." — 글쓰기에 놀라운 자질을 가진 여성조차 책을 쓰는 것은 우스꽝스러운 일이며 더욱이 정신이 분열되었음을 보여 주는 것이라고 믿었다는 사실을 발견할 때, 우리는 여성의 글쓰기에 대해 만연한 적대감의 정도를 측정할 수 있습니다. 도로시 오즈번의 단 한 권의 짧은 서한집을 서가에 다시 꽂으며 이제 벤 부인[33]을 살펴보아야겠다고 생각했지요.

벤 부인으로 인해 우리는 길 위의 아주 중요한 모퉁이를 돌게 됩니다. 이제 그들만의 사원(私園)에 감금되어 자신들의 사절판 책에 파묻혀 독자도 비평도 없이 자기만의 즐거움을 위해 글을 썼던 그 외로운 귀부인들을 뒤에 남기게 되지요. 우리는 도시에 와서 평범한 사람들과 길거리에서 어깨를 스치게 됩니다. 벤 부인은 유머와 활력, 용기라는 평민의 미덕을 모두 갖춘 중산층 여성이었지요. 그녀는 남편의 죽음과 몇 가지 불행한 사건들로 인해서 자신의 기지로 생계를 꾸려 가야만 했습니다. 그녀는 남자들과 대등하게 일해야 했지요. 열심히 일함으로써 그녀는 먹고살 만큼 충분히 벌었습니다. 그러한 사실이 지니는 중요성은 그녀가 실제로 쓴 것들, 「수천

33 에프라 벤(1640~1689): 글쓰기를 생업으로 삼은 영국 최초의 여성. 극작가, 소설가, 시인. 한때 스파이로 활동했으며 빚을 져서 투옥된 적이 있었고 성적 분방함으로 유명했다. — 옮긴이

의 순교자들을 만들었네」와 「사랑은 환상적 승리 안에 앉았지」 같은 그 빛나는 작품들보다 더욱 귀중한 것입니다. 왜냐하면 여기에서 마음의 자유 아니, 시간이 경과하면 마음 내키는 대로 자유로이 쓸 수 있으리라는 가능성이 시작되기 때문입니다. 이제 에프라 벤이 그 일을 해냈으므로, 소녀들은 부모에게 말할 수 있을 겁니다. "저에게 용돈을 주실 필요 없어요. 저도 제 펜으로 돈을 벌 수 있어요."라고 말이지요. 물론 다가올 여러 해 동안 그 말에 대한 대답은 "그래, 에프라 벤같이 살겠다고? 차라리 죽는 게 낫겠다!"일 것이고, 전보다 더욱 빨리 꽝 소리를 내며 문이 닫힐 것입니다. 남성이 여성의 정조에 두는 가치와 그것이 여성의 교육에 미치는 영향이라는 지극히 흥미로운 주제가 여기서 논의의 대상으로 등장하는데, 만일 거턴이나 뉴넘의 어느 학생이라도 그 문제를 깊이 파고든다면 상당히 흥미로운 책을 제공할 수 있을 것입니다. 스코틀랜드의 황무지에서 곤충이 득실거리는 가운데 다이아몬드로 휘감고 앉아 있는 레이디 더들리가 그 책의 권두 삽화로 알맞겠지요. 일전에 레이디 더들리가 죽었을 때 《타임스》는 더들리 경에 대해 이렇게 보도했습니다. "세련된 취향과 여러 가지 소양이 풍부한 사람으로서 관대하고 후했지만, 변덕스럽고 전제적이었다. 그는 스코틀랜드의 고지에서 가장 멀리 떨어진 사냥 막사에서도 자신의 아내에게 정장을 강요했다. 그는 그녀를 찬란한 보석들로 감싸 주었다." 그리고 계속해서 이렇게 말하고 있습니다. "그는 그녀에게 모든 것을 주었다. 언제나 책임감만을 제외하고는 말이다." 그런데 더들리 경은 뇌졸중을 일으켰고 레이디 더들리는 그를 간호하며 그 이후 계속 탁월한 능력으로 그의 재산을 관리했습니다.

그러한 변덕스러운 전제 군주는 19세기에도 여전히 존재했지요.

그러나 다시 돌아갑시다. 에프라 벤은 어쩌면 기분 좋은 여성적 자질들을 희생했을지 모르지만, 글을 씀으로써 돈을 벌 수 있다는 것을 입증했습니다. 그리하여 점차적으로 글을 쓰는 것은 단순히 어리석음이나 분열된 마음의 징후가 아닌 실제적인 중요성을 가진 것으로 받아들여지게 되었지요. 남편이 죽을 수도 있고 어떤 재앙이 가족을 덮칠 수도 있습니다. 18세기에 이르면서 수백 명의 여성들이 번역을 하거나 저질 소설들을 숱하게 씀으로써 용돈을 보태거나 가족을 돕게 되었지요. 그 소설들은 교과서에 기록되어 있지는 않습니다만 채링크로스 가[34]의 4페니짜리 상자에서 골라 뽑을 수 있습니다. 18세기 후반 여성들 사이에서 드러난 지극히 활발한 마음의 행위 — 대화와 모임, 셰익스피어에 관한 에세이 쓰기, 고전 번역 등 — 는 여성이 글을 씀으로써 돈을 벌 수 있다는 엄연한 사실에 기초하고 있습니다. 대가가 지불되지 않을 때에는 경박했던 일이 돈으로 위엄을 갖추게 됩니다. "끼적거리려는 참을 수 없는 욕망을 가진 블루스타킹"을 비웃는 것은 여전히 당연한 일이었겠지만, 그들이 지갑 안에 돈을 넣을 수 있다는 사실은 부정할 수 없었지요. 그리하여 18세기 말 무렵 어떤 변화가 일어났는데, 내가 만일 역사를 다시 쓴다면 십자군이나 장미전쟁보다 그것을 더 충실하게 묘사하고 더 중요하게 생각할 것입니다. 즉 중산층 여성들이 글을 쓰기 시작한 것이지요. 만약 『오만과 편견』이 중요하다면 그리고 『미들마

34 런던 중심부의 광장. — 옮긴이

치』와 『빌렛』, 『폭풍의 언덕』이 중요한 작품들이라면,[35] 시골 저택에서 아첨꾼들과 사절판 책 속에 파묻혀 있던 외로운 귀족들만이 아니라 일반 여성들이 글을 쓰게 되었다는 것은 내가 한 시간의 강연에서 피력할 수 있는 정도를 넘어서는 훨씬 중요한 사실일 것입니다. 이런 선두 주자가 없었다면 제인 오스틴과 브론테 자매, 조지 엘리엇은 글을 쓸 수 없었을 것입니다. 마찬가지로 셰익스피어는 말로가 없었다면, 말로는 초서가 없었다면, 초서는 그 이전에 길을 열고 자연적 언어의 야만성을 순화한 잊힌 시인들이 없었다면 글을 쓸 수 없었겠지요. 왜냐하면 걸작이란 혼자서 외톨이로 태어나는 것이 아니니까요. 그것은 오랜 세월에 걸쳐서 한 무리의 사람들이 공동으로 생각한 결과입니다. 그래서 다수의 경험이 하나의 목소리 이면에 존재하는 것이지요. 제인 오스틴은 페니 버니의 무덤에 화환을 놓아야 하고, 조지 엘리엇은 엘리자 카터 — 일찍 일어나서 그리스어를 배우기 위해 침대에 종을 매달았던 용감한 노파 — 의 억센 그림자에 경의를 표해야 했을 겁니다. 지금 웨스트민스터 사원에 — 세간에 상당한 물의를 일으키긴 했지만 아주 마땅히 — 안치되어 있는 에프라 벤의 무덤에 모든 여성들은 꽃을 바쳐야 합니다. 왜냐하면 여성들에게 마음을 표현할 수 있는 권리를 얻어 준 사람이 그녀였으니까요. 내가 오늘 밤 여러분에게 "여러분의 기지로 연 500파운드를 버십시오."라고 말하는 것이 완전히 터무니없는 말로 들리지 않게 만든 것도 그녀 — 비록 수상쩍은 구석이 있고 문란하긴 했지만 — 입니다.

35 각각 제인 오스틴, 조지 엘리엇, 샬럿 브론테, 에밀리 브론테의 소설. — 옮긴이

그렇다면 이제 우리는 19세기 초에 도달했습니다. 여기서 처음으로 서가 몇 단이 여성들의 작품으로 채워져 있습니다. 그런데 나는 그것들을 훑어보면서 어째서 그 작품들은 소수를 제외하고 전부 소설인지 묻지 않을 수 없었지요. 본래의 충동은 시적인 것이었습니다. "노래의 최고 정상"은 여류 시인이었지요.[36] 프랑스와 영국에서 여류 시인들은 여류 소설가에 선행합니다. 게다가, 네 명의 유명한 이름들을 보면서 생각하건대, 조지 엘리엇이 에밀리 브론테와 어떤 공통점이 있습니까? 샬럿 브론테는 제인 오스틴을 전적으로 이해하지 못한 것이 아닐까요?[37] 그들 중 어느 누구도 아이를 갖지 않았다는 사실을 제외하고는 그들보다 더 상이한 인물들이 한 방에서 함께 만나는 경우는 없을 겁니다. 그래서 그들의 만남을 상상해 보고 그들의 대화를 꾸며 보고 싶을 정도입니다. 그러나 그들이 글을 쓸 때, 그들은 어떤 이상한 힘에 이끌려 어쩔 수 없이 소설을 써야 했습니다. 그것이 중산층 출신이라는 것과 어떤 관계가 있었을까 하고 나는 자문했지요. 후에 에밀리 데이비스 양이 아주 인상적으로 입증했듯이, 19세기 초 중산층 가족은 오직 하나의 거실을 공유했다는 사실과 관련이 있을까요? 만일 여성이 글을 썼다면 그녀는 공동의 방에서 써야만 했을 겁니다. 그리고 나이팅게일 양이 격렬하게 불만을 토로했듯이 — "여성에게는 자기만의 것이라

36 그리스 여성 시인 사포에 대한 언급으로, 기원전 610~580년경 소아시아 레스보스 섬에서 활동한 유명한 서정 시인이다. — 옮긴이

37 샬럿 브론테는 제인 오스틴이 삶의 표면만을 빈틈없이 다룬 작가이며 관찰력은 있으나 시적 재능이 없으므로 위대한 작가로 볼 수 없다고 비판한 적이 있다. — 옮긴이

부를 수 있는 시간이……채 삼십 분도 되지 않는다." — 여성은 언제나 방해를 받았지요. 그곳에서 시나 희곡을 쓰는 것보다는 산문과 픽션을 쓰는 것이 더 쉬웠을 겁니다. 집중력이 덜 요구되니까요. 제인 오스틴은 생애 마지막 날까지 그런 환경에서 글을 썼습니다. 그녀의 조카는 회상록에서 이렇게 쓰고 있습니다. "어떻게 숙모님이 이 모든 것을 이루어 낼 수 있었는지 놀라울 따름이다. 왜냐하면 숙모님에게는 종종 찾아갈 만한 독립된 서재가 없었고, 또 숙모님이 쓴 작품의 대부분은 공동의 거실에서 온갖 종류의 일상적인 방해를 받으며 쓰여야 했기 때문이다. 숙모님은 자신이 하는 일이 하인들이나 방문객, 또는 가족의 범위를 넘어선 사람들에게 알려지지 않도록 조심했다."[38] 그리하여 제인 오스틴은 원고를 숨기거나 압지 한 장을 덮어 놓았습니다. 그리고 다시 생각해 보면, 19세기 초에 여성이 받을 수 있는 문학 훈련이라고는 성격 관찰과 감정 분석 훈련이 고작이었지요. 그녀의 감수성은 몇 세기 동안 공동 거실의 영향을 받아 훈련되어 왔습니다. 사람들의 감정이 그녀에게 인상을 남겼고, 개인들의 관계가 항상 그녀의 눈앞에 있었지요. 그러므로 중산층 여성이 글을 쓰게 되었을 때, 그녀는 당연히 소설을 썼습니다. 비록 분명히 드러나다시피 여기 언급된 네 명의 유명한 여성 가운데 두 명은 천성적으로는 소설가가 아니었지만 말입니다. 에밀리 브론테는 시극을 썼어야 했을 것이고, 조지 엘리엇의 넓은 마음은 그 창조적 충동이 역사나 전기를 향할 때 마음껏 펼쳐졌을 겁니다. 하지만 그들은 모두 소설을 썼지요. 서가에서 『오만

38 제인 오스틴의 조카인 제임스 에드워드 오스틴 리의 『제인 오스틴 회상록』.

과 편견』을 꺼내며 생각했습니다만, 우리는 한 걸음 더 나아가 그들이 훌륭한 소설을 썼다고 말할 수 있을 것입니다. 남성들에게 자랑하거나 상처를 주려는 것은 아니지만, 우리는 『오만과 편견』이 훌륭한 책이라고 말할 수 있습니다. 어쨌든 『오만과 편견』을 쓰고 있는 것을 들켰더라도 그것은 전혀 부끄러워할 만한 일이 아니었습니다. 그러나 제인 오스틴은 누군가 들어오기 전에 원고를 숨길 수 있게끔 돌쩌귀가 삐걱거리는 것을 다행스럽게 여겼지요. 제인 오스틴에게는 『오만과 편견』을 쓰는 데 무언가 떳떳하지 못한 것이 있었습니다. 만일 제인 오스틴이 방문객들로부터 원고를 숨길 필요가 없다고 생각했다면, 『오만과 편견』은 더 좋은 소설이 되었을까요? 나는 그것을 알아보려고 한두 쪽을 읽었지요. 그러나 그녀의 상황이 그녀의 작품에 조금이라도 해를 끼쳤다는 흔적은 전혀 찾을 수 없었습니다. 이것이 아마도 가장 놀라운 기적이었습니다. 여기 1800년경 증오나 쓰라림, 두려움도 없이 항의하거나 설교하지 않으면서 글을 쓴 한 여성이 있었지요. 나는 『안토니와 클레오파트라』를 보면서 셰익스피어가 글을 썼던 방식이 바로 그것이라고 생각했습니다. 사람들이 셰익스피어와 제인 오스틴을 비교할 때, 그들은 두 작가의 마음이 모든 방해물을 다 태워 버렸다는 사실을 의식할 겁니다. 바로 그런 이유 때문에, 우리는 제인 오스틴을 알지 못하고 또 셰익스피어를 알지 못합니다. 그리고 그런 이유 때문에, 제인 오스틴은 그녀가 쓴 모든 단어에 스며들어 있고 셰익스피어도 마찬가지입니다. 만일 제인 오스틴이 그녀의 상황에서 어떤 것으로든 고통을 받았다면 그것은 그녀에게 부과된 삶의 협소함이었을 겁니다. 여성이 혼자서 돌아다니는 것은 불가능했지요. 그녀는 단 한 번도 여행을 하지 않았습니다. 그녀는 버스를 타고 런던 시내를 다닌 적도 없고 식당에서 혼자 점심을 사 먹은 적도 없습니다. 하지만 어쩌면 자신이 가지지 않은 것을 바라지 않는 것이 제인 오스틴의 성격이었는지도 모르지요. 그녀의 재능과 그녀의 상황은 완벽하게 들어맞았습니다. 그러나 『제인 에어』를 펼쳐서 『오만과 편견』 옆에 놓으며 과연 그것이 샬럿 브론테에게도 해당될까, 나는 의심스러웠지요.

나는 그 책의 12장을 펼쳤고 나의 눈은 "아무나 내키는 대로 나를 비난해도 좋다."라는 구절에 박혔습니다. 무엇 때문에 사람들이 샬럿 브론테를 비난한다는 것일까요? 나는 의아하게 생각했지요. 그리고 페어팩스 부인이 젤리를 만드는 동안 제인 에어가 지붕으로 올라가곤 했으며 들판 건너 멀리 있는 풍경을 바라보았다는 내용을 읽었습니다. 그때 그녀는 갈망했지요. 그들이 그녀를 비난한 것은 바로 이 점이었습니다. "그 순간 나는 저 경계를 넘어서, 들어본 적은 있지만 보지 못했던 그 분주한 세계, 도시, 활기가 넘치는 지역에 도달할 수 있는 투시력을 갈망했다. 그 순간 나는 내가 가진 것보다 더욱 풍부한 실제적 경험을 쌓을 수 있기를 갈구했다. 여기서 접할 수 있는 것보다 더욱 다양한 인물들과의 교제와 내 부류의 사람들과의 더 많은 접촉을 갈망했다. 나는 페어팩스 부인의 좋은 점과 아델라의 좋은 점을 높이 평가했지만 그것과는 다른, 더욱 생생한 미덕이 존재한다고 믿었고 내가 믿는 바를 눈으로 보고 싶었다."

"누가 나를 비난할까? 틀림없이 많은 사람들이겠지. 내가 불만을 품고 있다고들 말할 것이다. 나도 어쩔 수 없었다. 고요히 가라앉힐 수 없는 갈망이 내면에 존재했고 그것은 때로 고통스러울 정도로 나를 동요시켰다……."

"인간이 평온한 삶에 안주해야 한다고 말하는 것은 헛된 일이다. 그들은 행동을 해야 한다. 할 일을 발견할 수 없다면, 그들은 일거리를 만들어 낼 것이다. 수백만의 사람들이 나보다 더 고요한 삶을 살도록 저주받았고, 수백만의 사람들이 자기 운명에 조용히 반역을 일으키고 있다. 지상을 채운 숱한 생명들에게서 얼마나 많은 반역의 효소가 발효되고 있는지 아무도 모를 것이다. 여성은 평정을 지켜야 한다고 흔히들 생각한다. 그러나 여성은 남성들이 느끼는 것을 똑같이 느끼며, 자신들의 남자 형제들처럼 자신의 능력을 훈련하기를 바라고, 자신의 노력을 기울일 활동 영역을 요구한다. 남성들과 마찬가지로 그들도 지나치게 엄격한 통제와 절대적인 침체에서 고통받는다. 여성은 푸딩을 만들고 양말을 짜며 피아노를 치거나 가방에 수를 놓는 일에 전념해야 한다고 보다 많은 특권을 누리는 동료 남성들이 말한다면 그들은 도량이 좁은 것이다. 만일 여성이 관습적으로 자신들에게 필요하다고 여겨지는 것 이상을 배우려고 하거나 더 많은 일을 하려고 해도 그들을 나무라거나 비웃는 것은 분별없는 일이다."

"이처럼 혼자 있을 때 나는 가끔 그레이스 풀의 웃음소리를 들었다……."

이 부분이 어색한 단절이라고 나는 생각했지요. 갑자기 그레이스 풀과 맞닥뜨리는 것은 혼란을 일으킵니다. 연속성이 파괴되지요. 이 페이지를 쓴 여성은 제인 오스틴보다 훨씬 많은 재능을 가지고 있다고 말할 수도 있을 겁니다. 나는 『오만과 편견』 옆에 이 책을 내려놓으며 계속 생각했지요. 그러나 그것을 반복해서 읽어 보고 그 안의 경련과 분노를 주목한다면, 그녀가 결코 자신의 재능을 흠 없이 온전하게 표현하지 못할 거라는 사실을 알게 됩니다. 그녀의 책들은 불구가 되고 비틀릴 것입니다. 그녀는 고요히 써야 할 곳에서 분노에 싸여 쓸 것이고, 현명하게 써야 할 곳에서 어리석게 쓸 것입니다. 또한 그녀는 등장인물에 대해 써야 할 곳에서 자기 자신에 대해 쓸 것입니다. 그녀는 자신의 운명과 격투를 벌이고 있는 것입니다. 비틀리고 꺾인 그녀가 젊은 나이에 죽지 않을 수 있었을까요?

만일 샬럿 브론테가 일 년에 300파운드를 소유했다면 어떤 일이 일어났을까 잠시 생각해 보지 않을 수 없습니다. 그러나 그 어리석은 여자는 자신의 소설에 대한 저작권을 곧장 1500파운드에 팔아넘겼지요. 만일 그녀가 분주한 세계와 도시, 활기가 넘치는 지역에 대해 더 많이 알고 실제적 경험이 더 풍부했더라면, 그녀 부류의 사람들과 접촉하고 다양한 인간들과 교제했더라면, 어떤 일이 벌어졌을까요? 앞에 인용한 글에서 그녀는 소설가로서 자기 자신의 결함뿐 아니라 당시 여성들에게 결핍되었던 점을 지적하고 있습니다. 만약 자신의 재능이 멀리 떨어진 들판을 홀로 쳐다보는 데 소모되지 않았더라면, 경험과 교제와 여행이 자신에게 허용되었더라면, 자신의 재능이 얼마나 큰 혜택을 입었을지를 그녀는 누구보다도 잘 알고 있었습니다. 그러나 그런 것들은 허용되지 않았습니다. 그러한 욕망은 억눌렸지요. 그리하여 이 훌륭한 소설들, 『빌렛』, 『에마』, 『폭풍의 언덕』, 『미들마치』는 점잖은 목사의 집안에서 허용되는 정도의 경험을 가진 여성들에 의해 쓰였으며, 그 점잖은 집의 공동의 거실에서 쓰였고, 또 너무 가난해서 『폭풍의 언덕』이나 『제인 에어』를 쓸 종이를 한 번에 몇 묶음 이상 살 수 없었던 여성들에 의해 쓰였다는 사실을 인정해야 합니다. 사실 그들 중의 한 명인 조지 엘리엇은 많은 고생 끝에 탈출했지만 다만 세인트 존스 우드에 있는 빌라로 탈출해서 격리되었을 뿐입니다. 거기서 그녀는 세상이 인정하지 않는 어두운 그늘에 정착했지요. "초대해 달라고 요구하지 않은 분들께는 제가 방문해 달라고 초청하지 않는다는 것을 이해해 주시기 바랍니다."라고 그녀는 썼습니다. 기혼의 남자와 함께 사는 죄를 짓고 있었으니, 그녀를 만남으로써 스미스 부인이나 그 밖의 우연한 방문객들의 정조가 손상돼서야 되겠습니까? 사람은 사회적 관습에 복종해야 하므로 그녀는 "소위 세상으로부터 단절되어"야 합니다. 동시대에 유럽의 다른 쪽에서는 한 젊은이가 때로는 집시와 때로는 귀부인과 자유분방하게 살았지요. 전쟁에 참가하기도 했습니다. 이처럼 방해받지 않고 비난받지 않으면서 다양한 인간 생활을 경험했지요. 이러한 경험들은 그가 후에 책을 쓰게 되었을 때 커다란 도움이 되었습니다. 톨스토이가 기혼녀와 "소위 세상으로부터 단절되어" 프라이어리[39]에 살았더라면, 그 도덕적 교훈이 아무리 유익하다 하더라도 『전쟁과 평화』를 쓸 수는 없었을 겁니다.

그러나 소설을 쓰는 문제와 성이 소설가에게 미치는 영향에 대해서 어쩌면 좀 더 깊이 파고들 수 있겠지요. 만일 눈을 감고 소설 전반에 대해 생각해 보면, 소설이란 삶에 대한 어떤

39 조지 엘리엇이 조지 헨리 루이스와 1864년부터 1880년 사이에 함께 살았던 집의 이름. — 옮긴이

거울 같은 유사성을 가진 창조물이라고 여겨질 것입니다. 물론 소설이 삶을 단순화하고 왜곡하는 측면이 무수히 많이 있지만요. 어쨌든 그것은 마음의 눈에 어떤 형체를 남기는 구조물인데, 그것은 때로 사각형 모양으로 형성되고, 때로 탑의 형태로 구성되며, 양옆으로 뻗어 나가 주랑이 생기고 콘스탄티노플의 성 소피아 성당처럼 굳건한 구조에 둥근 지붕을 갖게 되는 것입니다. 이러한 형체는, 몇몇 유명한 소설들을 회상하며 생각하건대, 그것에 적합한 감정을 내면에 일으킵니다. 그러나 그 감정은 이내 다른 감정들과 혼합되지요. 그 '형체'는 돌과 돌의 관계에 의해서가 아니라 인간과 인간의 관계에 의해 만들어지기 때문입니다. 그리하여 소설은 우리의 내면에서로 적대적이고 상반된 온갖 감정들을 야기합니다. 삶은 삶이 아닌 어떤 것과 갈등을 일으키지요. 그러므로 소설에 대한 어떤 합의에 이르기가 어렵고, 우리의 개인적인 편견이 우리에게 지대한 영향력을 행사하는 것이지요. 우리는 당신 — 주인공 존 — 이 살아야 한다고 느낍니다. 그렇지 않으면 나는 깊은 절망에 빠지게 될 테니까요. 그러나 다른 한편, 슬프게도 존, 당신이 죽어야 한다고 느낍니다. 그 책의 형체가 그것을 요구하기 때문이지요. 삶은 삶이 아닌 어떤 것과 갈등을 일으킵니다. 그러나 그것이 부분적으로는 삶이기 때문에, 우리는 그것을 삶으로 판단합니다. "제임스는 내가 제일 싫어하는 부류의 사람이야."라고 누군가 말합니다. 아니면 "이건 터무니없는 엉터리군. 나는 그런 것을 전혀 느낄 수 없었어."라고 말이지요. 어떤 유명한 소설이라도 되새겨 볼 때 명백하게 드러나는바, 소설의 전체 구조는 지극히 다양한 판단과 지극히 다양한 감정으로 구성되어 있기 때문에 무한히 복잡한 것입니다. 놀라운 사실은 그렇게 구성된 책이 일이 년 이상 존속한다는 것과 그 책이 영국인 독자에게 의미하는 바와 러시아인이나 중국인 독자들에게 주는 의미가 거의 유사하다는 것입니다. 때로 그 책들은 아주 탁월하게 생명을 유지해 나갑니다. 이와 같이 희귀하게 생존하는 경우(나는 『전쟁과 평화』를 생각하고 있습니다.)에 그것들을 지탱하는 것은 소위 성실성이라는 것입니다. 이때의 성실성이란 빚을 갚는다거나 비상사태에 직면하여 명예롭게 행동하는 것과는 상관이 없지요. 소설가에게 있어서 성실성이라는 말로 표현되는 것은 작가가 독자에게 부여하는, 이것이 진실이라는 확신입니다. 그래, 나는 이 일이 그리되리라고는 생각하지 못했을 거야. 나는 그렇게 행동하는 사람을 본 적이 없으니까. 하지만 그것이 이렇고 그런 일이 발생한다고 당신이 나를 확신시켰지 하고 독자는 느낍니다. 우리는 책을 읽으면서 모든 구절, 모든 장면을 빛에 비춰 봅니다. 자연은 아주 기묘하게도 소설가의 성실성이나 불성실을 판단할 수 있는 내면의 빛을 우리에게 부여한 듯하니까요. 어쩌면 더없이 변덕스러운 기분에 사로잡혀서 자연은 인간 마음의 벽 위에 보이지 않는 잉크로 위대한 예술가들만이 확증해 줄 수 있는 어떤 예감을 그려 놓았고, 그것은 오직 천재의 불길이 닿아야 눈에 보이는 스케치일지도 모릅니다. 그것이 빛에 노출되어 생명을 얻는 것을 볼 때 우리는 황홀해서 소리치지요. 하지만 이것이야말로 내가 항상 느껴 왔고 알아 왔고 바랐던 것이다! 하고 말입니다. 그리하여 흥분으로 끓어넘치며, 마치 살아 있는 동안 언제라도 되돌아가 찾아볼 대단히 소중한 것인 양 일종의 존경심을 느끼며 그 책을 덮어 서가에 올려놓습니다. 나는 『전쟁과 평화』를 집어서 제자리에 다시 꽂으며 생각했지요. 다른 한편 우리가 집어 들고 검토하는 이 빈약한 문장들은 처음에는 빛나는 색채와 과감한 제스처로 신속하고 열성적인 반응을 일깨우지만 거기서 멈춰 버리고 맙니다. 무언가가 그것의 발달을 억제하는 듯하지요. 또는 그 문장들이 한구석의 희미한 낙서나 다른 쪽의 얼룩을 드러내고, 어떤 것도 흠이 없는 온전한 모습으로 나타나지 않는다면, 그때 독자는 실망의 한숨을 쉬며 또 하나의 실패작이군 하고 말합니다. 이 소설은 어디에선가 실패한 것이지요.

물론 대부분의 경우 소설은 어느 부분에선가 실패하기 마련입니다. 지나친 긴장으로 작가의 상상력이 비틀거리게 됩니다. 통찰력이 흐트러지며 더 이상 진실과 거짓을 구별할 수 없습니다. 매 순간 아주 다양한 기능들을 사용해야 하는 그 막대한 노동을 지속할 만한 힘을 더 이상 끌어낼 수 없는 것이지요. 그러나 나는 소설가의 성이 이 모든 요인들에 어떤 영향을 미칠 것인지 『제인 에어』와 그 밖의 다른 책들을 보면서 생각했습니다. 그녀의 성이 어떤 식으로든 여성 소설가의 성실성 — 작가에게 있어서 중추라 여겨지는 그 성실성 — 에 방해가 될까요? 자, 『제인 에어』의 인용 부분에서, 소설가 샬럿 브론테의 성실성을 분노가 방해하고 있다는 점은 분명합니다. 그녀는 개인적인 비탄에 신경을 쓰느라 마땅히 자신이 전념했어야 할 이야기를 그만 내버린 것이지요. 그녀는 자신에게 적합하고 응당 누려야 할 경험에 굶주렸다는 사실을 기억했지요. 세상을 자유로이 방랑하고 싶을 때, 그녀는 목사관에서 양말을 기우며 침체되어야만 했습니다. 그녀의 상상력은 분노로 인해 빗나갔고, 우리는 그 사실을 느낄 수 있습니다. 그러나 분노 이외의 다른 여러 영향력들 또한 그녀의 상상력을 잡아 찢고 그 길에서 비껴 나가게 했지요. 예를 들면 무지함이 그렇습니다. 로체스터[40]는 어둠 속에서 묘사되었습니다. 우리는 로체스터의 묘사에서 공포가 미치는 영향을 느낍니다. 마찬가지로 우리는 억눌림의 결과인 신랄함과 그녀의 열정 아래 끓고 있는 숨겨진 고통, 비록 빛나는 책들이긴 하지만 그 책들을 경련의 아픔으로 수축시키는 적의를 끊임없이 느낍니다.

소설이 실제 생활과 이러한 상응 관계를 가지기 때문에, 소설의 가치는 실제 생활의 가치와 어느 정도 동일합니다. 그러나 여성의 가치는 다른 성이 세워 놓은 가치와 다른 경우가 빈번하다는 것이 분명합니다. 당연히 그렇지요. 하지만 전반적으로 만연되어 있는 것은 남성의 가치입니다. 조야하게 말하자면, 축구와 스포츠는 '중요'합니다. 반면 유행의 숭배와 옷의 구입은 '하찮은' 일입니다. 이러한 가치들은 삶에서 픽션으로 불가피하게 전달됩니다. 이것은 전쟁을 다루므로 중요한 책이라고 비평가들은 평가합니다. 이 책은 응접실에 앉은 여성의 감정을 다루고 있으므로 보잘것없습니다. 전쟁터에서의 한 장면은 상점에서의 한 장면보다 더 중요하지요. 도처에서 더욱 미묘하게 가치의 차별이 지속됩니다. 그러므로 19세기 초 여성 작가의 경우 소설의 전체 구조는 일직선에서 약간 비껴 나, 외적 권위에 순종하여 자신의 투명한 비전을 어쩔 수 없이 변화시켰던 마음에 의해 세워졌습니다. 오래되고 잊힌 소설들을 대충 훑어보고 그것들을 쓴 목소리의 음조를

40 『제인 에어』의 남자 주인공. — 옮긴이

들어 보기만 하면, 그 작가가 비판에 맞서고 있다는 사실을 알게 됩니다. 그녀는 공격하기 위해 이런 말을 하거나 화해하기 위해 저런 말을 합니다. 그녀는 자신의 기질이 명하는 대로 때로는 유순하고 소심하게, 때로는 분개하고 역설하며 그 비판에 대처했습니다. 어느 쪽을 택했는가는 중요하지 않습니다. 문제는 그녀가 사물 자체가 아닌 어떤 다른 것을 생각하고 있었다는 사실입니다. 우리의 머리 위로 그녀의 책이 떨어집니다. 바로 그 책의 중심부에 결함이 있었지요. 나는 과수원에 나뒹구는 얽은 자국이 있는 작은 사과들처럼 런던의 중고 서점에 산재한 여성들의 소설을 생각했습니다. 그것들을 썩게 한 것은 중심에 존재하는 바로 그 흠집입니다. 그녀는 다른 사람들의 의견에 경의를 표하여 자신의 가치를 변질시켰던 것입니다.

그러나 그녀들은 오른쪽이든 왼쪽이든 조금도 움직이지 않을 수는 없었을 것입니다. 순전한 가부장제 사회의 한가운데에서 그런 비판에 직면하여 움츠러들지 않고 자신이 본 그대로의 사물을 고집하는 일은 대단한 재능과 성실성을 요구했겠지요. 그 일을 해낸 것은 오직 제인 오스틴과 에밀리 브론테뿐이었습니다. 이것은 그들의 또 다른, 어쩌면 가장 훌륭한 미덕입니다. 그들은 남성처럼 쓰지 않고 여성이 쓰듯이 썼습니다. 그 당시 소설을 썼던 수천 명의 여성들 가운데 그들만이 영원한 현학자들의 끊임없는 충고 — 이렇게 써라, 저렇게 생각하라. — 를 완전히 무시했지요. 그들만이 그 지속적인 목소리, 때로 불평하고 때로는 선심 쓰는 척하며 때로 권력을 휘두르고 때로는 상심하고 때로 충격을 받고 때로는 분노하며 때로는 숙부처럼 친절한 그 목소리에 귀를 기울이지 않았습니다. 그 목소리는 여성을 홀로 내버려 두지 않으며 지나치게 양심적인 가정 교사처럼 항상 그들에게 달라붙어서 에거턴 브리지스 경처럼 여성에게 세련된 몸가짐을 가질 것을 엄명하거나 심지어 시 비평에 성의 비평을 끌어들이기도 합니다.[41] 또한 여성들이 착해지고 싶고 빛나는 상을 받고 싶다면 문제의 그 신사가 적합하다고 생각하는 어떤 한계 내에 머물러 있으라고 권고합니다. "……여성 소설가들은 자신의 성의 한계를 용감하게 인정함으로써 탁월한 경지에 이르기를 열망할 수 있다."[42] 이 말은 문제의 핵심을 단적으로 표현합니다. 놀랍겠지만, 이 문장이 쓰인 때는 1828년 8월이 아니라 1928년 8월입니다. 이런 말이 지금 우리에게는 대단히 재미있게 여겨진다 하더라도 일 세기 전에는 훨씬 강력하고 요란하게 울렸던 거대한 한 덩어리의 견해들(나는 그 오래된 웅덩이를 휘젓지 않을 것입니다. 우연히 내 발치로 흘러 들어온 것만을 붙잡을 뿐입니다.)을 대변한다는 사실에 여러분은 동의할 것입니다. 1828년에 이 모든 타박과 꾸짖음, 상의 약속 등을 무시하려면 무척 완강한 젊은 여성이어야 했을 겁니다. 그리고 스스

41 "(여성은) 형이상학적 목적을 가지고 있다. 이것은 특히 여성에게 있어서 위험한 강박 관념이다. 여성은 남성이 가지고 있는 수사학에 대한 건전한 사랑을 느끼는 일이 거의 없기 때문이다. 다른 점에서는 더욱 원시적이고 더욱 물질주의적인 그 성에게 그것이 결핍되어 있다는 점은 이상한 일이다."(《새로운 기준》, 1928. 6.)

42 "그 보고자와 마찬가지로 여러분도 여성 소설가들이 자기 성의 한계를 용감하게 인정함으로써 탁월한 경지에 이르기를 열망할 수 있다는 사실을 믿으신다면 (제인 오스틴은 이러한 제스처를 얼마나 우아하게 달성할 수 있는지 보여 주었습니다.)……."(『전기와 서한집』, 1928. 8.) (데스먼드 매카시. 앞의 2장에서 레베카 웨스트의 소설을 보고 "터무니없는 여성 해방론자"라고 말한 장본인이기도 하다. — 옮긴이)

로에게 이렇게 말하려면 횃불 같은 선구자여야 했을 겁니다. 하지만 그들도 문학을 매수할 수는 없어. 문학은 모든 이들에게 개방되어 있으니까. 나는 비록 당신이 교구 관리라 해도 나를 잔디밭에서 쫓아내도록 용인치 않겠어. 그러고 싶다면 당신의 도서관을 잠그라고. 그러나 당신은 내 자유로운 마음에 문이나 자물쇠, 빗장 따위를 달 수는 없어.

그러나 용기를 꺾는 방해와 비판이 여성의 글에 어떤 영향을 미쳤든지 간에 — 물론 강력한 영향을 미쳤으리라고 생각합니다만 — 여성이 종이 위에 자신의 생각을 옮겨 놓으려고 할 때 그들(나는 아직 19세기 초의 소설가들을 생각하고 있습니다.)이 직면했던 다른 어려움과 비교하면 그것은 사소한 것이었습니다. 그 다른 어려움은 여성들의 배후에 전통이 전혀 없거나 설령 있더라도 너무 짧고 편파적인 전통이라서 그들에게 거의 도움이 되지 않았다는 사실입니다. 우리가 여성이라면 우리는 어머니를 통해 거슬러 생각하기 때문입니다. 즐거움을 맛보기 위해서라면 얼마든지 위대한 남성 작가들에게 접근할 수 있다 하더라도, 그들에게 도움을 청하러 가는 것은 무익한 일입니다. 램, 브라운, 새커리, 뉴먼, 스턴, 디킨스, 드퀸시 — 그 밖의 누구든지 간에 — 는 아직 여성을 도와준 적이 없습니다. 여성이 그들의 몇 가지 기법을 배워서 자신에게 적합하도록 이용했을 수는 있었겠지요. 하지만 남성의 마음의 무게와 속도, 보폭은 여성과 너무 다르기 때문에 여성은 그들에게서 실속 있는 것을 효과적으로 얻어 올 수 없습니다. 너무 멀리 떨어져 있으므로 모방할 수 없는 것이지요. 아마 그녀가 펜을 종이에 대자마자 알게 되었을 첫 번째 사실은 그녀가 사용할 수 있도록 마련된 공동의 문장이 없다는 것입니다. 새커리와 디킨스, 발자크 같은 위대한 예술가들은 모두 자연스러운 산문을 썼는데, 신속하면서도 어설프지 않고 표현이 풍부하면서도 까다롭지 않으며 공동의 자산이면서도 그들 나름의 색조를 가지고 있었습니다. 그들은 당시 유통되던 문장들을 자신들의 기반으로 삼았지요. 19세기 초에 통용되던 문장은 대체로 이처럼 쓰였을 겁니다. "그들 작품의 장중함은 그들에게 중단하지 말고 계속 전진해 나가라는 논거였다. 그들은 자신들의 기교를 발휘하고 진실과 아름다움을 부단히 창조하면서 최고의 흥분과 만족을 느낄 수 있었다. 성공은 능력 발휘를 촉구하고 습관은 성공을 용이하게 한다." 이것은 남성의 문장입니다. 그 이면에서 우리는 존슨 박사와 기번, 그 밖의 다른 사람들을 엿볼 수 있습니다. 그것은 여성이 사용하기에 적합하지 않은 문장이었지요. 산문에 탁월한 재능을 가지고 있으면서도 샬럿 브론테는 그 투박한 도구를 움켜쥐고 비틀거리며 쓰러졌습니다. 조지 엘리엇은 그것을 가지고 말로 다 할 수 없는 큰 실수를 저질렀지요. 제인 오스틴은 그것을 보았지만 비웃어 버렸고 자신이 사용하기에 적합한, 더할 나위 없이 자연스럽고 맵시 있는 문장을 고안해 냈으며 거기에서 결코 벗어나지 않았습니다. 그리하여 샬럿 브론테보다 글 쓰는 재능이 훨씬 떨어지면서도 그녀는 무한히 더 많은 것을 말했습니다. 표현의 자유와 충실성은 예술의 본질적인 부분이므로, 그러한 전통의 결핍과 도구의 결핍 및 부적절함은 여성의 글쓰기에 지대한 영향을 미쳤을 것입니다. 게다가 책이란 문장들을 이어 붙여서 만드는 것이 아니라, 이미지를 빌리자면, 아치나 둥근 지붕으로 지어진 것입니다. 이러한 형체도 자신들이 사용하기 위해서 그들 자신의 필요에 따라 남성들이 만들어 온 것이지요. 문장이 여성에게 적합하지 않은 것과 마찬가지로, 서사시나 시극 형식 또한 여성에게 적합하리라고 생각할 이유가 없습니다. 그러나 여성이 작가가 될 무렵 옛 문학 형식들은 모두 이미 굳어지고 결정된 형태였습니다. 소설만이 그녀가 다룰 수 있을 정도로 유연하고 새로운 것이었지요. 이것이 아마 여성이 소설을 쓰게 된 또 다른 이유일 것입니다. 그러나 심지어 "소설"(이 단어가 부적절하다는 나의 느낌을 표현하기 위해서 인용 부호를 썼습니다.[43])이, 모든 형식들 가운데 가장 유연한 이 형식이 여성이 사용하기에 적합한 형태를 가지고 있다고 어느 누가 감히 자신 있게 말할 수 있을까요? 여성이 자유로이 팔다리를 사용할 수 있게 되면 틀림없이 그녀는 그것을 부수고 새로운 형태를 만들 것이며 반드시 운문이 아니더라도 자기 내면의 시를 전달할 새로운 수단을 제공할 것입니다. 아직도 출구가 막혀 있는 것은 시이니까요. 나는 더 나아가 오늘날의 여성이 시 비극을 5막으로 쓸지 곰곰이 생각해 보았습니다. 그녀는 운문을 사용할까요? 오히려 산문으로 쓰지 않을까요?

그러나 이런 것들은 미래의 어슴푸레한 빛 속에 놓인 어려운 문제들입니다. 지금 나는 이 문제들을 그냥 내버려둘 것입니다. 이러한 문제들이 나를 자극하면 나는 내 주제로부터 이탈해 길이 없는 숲 속을 방랑하다가 어쩌면 야수에게 잡아먹힐 가능성이 다분하니까요. 나는 픽션의 미래라는 그 우울한 주제를 끄집어내고 싶지 않고 여러분도 그러길 원하지 않

43 소설(novel)이 '새로운' 장르라는 의미에서 그런 명칭이 붙은 것에 대한 언급이다. — 옮긴이

으리라 확신합니다. 그래서 다만 여기 잠시 멈춰 미래의 여성들과 관련해 신체적 조건이 수행해야 할 커다란 역할에 대한 여러분의 관심을 환기시켜 보려고 합니다. 책은 어떻게든 육체에 적응해야 합니다. 따라서 여성의 책은 남성의 책보다 더욱 짧고 더욱 응집되어야 하며, 지속적이고 방해받지 않는 장시간의 독서가 필요하지 않게끔 꾸며져야 한다고 나는 과감하게 말할 것입니다. 여성은 언제나 방해를 받을 테니까요. 또한 두뇌에 양분을 공급하는 신경은 여성과 남성에게 각각 다른 것처럼 보입니다. 만일 여성이 최선을 다해 노고를 기울이도록 만들려면 그들을 어떻게 대접해야 적합할지 — 예를 들어 수도승들이 몇백 년 전에 고안해 냈을 이런 강연 시간이 그들에게 적합한지 — 그들이 일과 휴식을 어떻게 교체하기를 요구하는지, 휴식이 아무것도 하지 않는 것이 아니라 무언가를 하는 것이며 그 무엇이 어딘가 다른 것이라면 그 다른 점이 어떤 것인지 알아내야 합니다. 이 모든 것들을 토론하고 알아내야겠지요. 이 모두가 '여성과 픽션'이라는 문제의 일부분입니다. 그런데 나는 다시 서가로 다가서며 생각했지요. 여성이 쓴 여성 심리에 대한 섬세한 연구를 어디서 찾을 수 있을까요? 여성들이 축구를 못한다고 해서 의사가 되는 것이 허용되지 않는다면…….

다행히도 이제 내 생각은 다른 것으로 옮겨 갔습니다.

5장

이처럼 서성이다가 마침내 현존 작가들의 책을 보관한 서가에 이르렀습니다. 이제는 남성의 책만큼이나 여성의 책도 많이 있으니까 현존 여성과 남성의 책이라 해야겠지요. 아직은 그것이 정확한 사실은 아니라 하더라도, 여전히 남성이 수다스러운 성이라 하더라도, 여성이 이제 오로지 소설만 쓰지 않는다는 것은 분명합니다. 희랍 고고학에 관한 제인 해리슨의 책이 있고 미학에 관한 버넌 리의 책도 있습니다. 또 페르시아에 관한 거트루드 벨의 책들도 있지요. 일 세기 전에는 어떤 여성도 손대지 않았을 온갖 주제에 관한 책들이 있습니다. 시와 희곡과 비평서도 있지요. 또한 역사와 전기, 여행기, 학문 연구서 등이 있으며 심지어 몇몇 철학서와 과학과 경제학에 관한 책들도 있습니다. 소설이 우세하긴 하지만 소설 자체도 다른 부류의 책들과 관련을 맺음으로써 많이 달라졌을 것입니다. 여성의 글쓰기에 있어 서사시의 시대, 즉 자연스러운 소박함은 사라졌겠지요. 독서와 비평이 그녀에게 더욱 넓은 안목과 더욱 섬세한 감수성을 부여했을 것입니다. 이제 자서

전을 쓰려는 충동은 소진되겠지요. 여성은 자기표현의 수단이 아니라 예술로서 글을 쓰기 시작하겠지요. 이 새로운 소설들 가운데서 그러한 여러 가지 의문에 대한 답을 찾을 수 있을지도 모릅니다.

나는 임의로 그중 한 권을 꺼냈습니다. 그것은 서가의 맨 끝에 있었는데 『생의 모험』인가 그 비슷한 제목의 소설로 메리 카마이클[44]이 쓴 것이며 바로 이달 시월에 출판되었습니다. 이 책은 그녀의 처녀작인 것 같다고 나는 중얼거렸습니다. 하지만 우리는 이 책을 상당히 긴 연속 선상의 마지막 책인 양, 지금까지 살펴보았던 다른 책들 — 레이디 윈칠시의 시와 에프라 벤의 희곡, 네 명의 위대한 소설가들의 소설 — 에 이어진 것으로 읽어야 합니다. 우리는 책들을 개별적으로 판단하는 데 익숙하지만, 사실 그것들은 서로 연관되어 있으니까요. 나는 또한 그녀 — 이 무명의 여성 — 를 앞서 살펴보았던 다른 여성들의 후예로 간주하고 그녀가 그들의 특성과 한계에서 무엇을 물려받았는지 보아야 합니다. 그래서 한숨을 쉬며 — 소설은 해독제보다는 진통제를 제공하는 경우가 허다하고, 타오르는 횃불로 사람을 일깨우기보다는 무감각한 잠으로 빠뜨리기에 — 나는 메리 카마이클의 처녀작 『생의 모험』에서 무엇인가 얻어 낼 각오로 공책과 연필을 들었습니다.

44 메리 카마이클(Marie Carmichael)은 산아 제한 운동가인 메리 스톱스(Marie Stopes)의 필명이며, 그녀는 1928년 『사랑의 창조(Love's Creation)』라는 소설을 출판했고, 이 소설에는 실험실에서 함께 일하는 두 명의 여성이 등장한다. 울프는 이 작가의 이름을 메리로 바꿈으로써 화자의 이름 및 「네 명의 메리의 발라드」와 관련지어 여성이 일반적으로 공유하는 공통의 경험과 운명을 시사한다. — 옮긴이

우선 나는 한 페이지를 위아래로 훑어보았습니다. 푸른 눈이나 갈색 눈, 또는 클로이와 로저 사이에 있을 관계를 내 기억에 담기 전에 우선 그녀의 문체를 알아야겠다고 생각했지요. 그녀가 손에 펜을 들었는지 아니면 곡괭이를 들었는지 판단하고 난 후에 그런 것을 살펴볼 시간이 있을 겁니다. 곧 나는 한두 문장을 혀 위에서 굴려 보았습니다. 이내 어딘가가 제대로 자리 잡혀 있지 않다는 점이 명백해졌습니다. 문장과 문장의 매끄러운 연결이 차단되었지요. 무엇인가 찢기고 무엇인가 긁혔습니다. 여기저기 단어들이 내 눈앞에서 불을 번쩍였지요. 옛 희곡에서 말하듯이 그녀는 자신의 "손을 놓아 버리고" 있었습니다. 나는 그녀가 불이 붙지 않을 성냥을 그어 대는 사람 같다고 생각했지요. 하지만 어째서 제인 오스틴의 문장은 당신에게 적합하지 않을까요 하고 나는 그녀가 내 앞에 있기라도 하듯 물었습니다. 에마와 우드하우스 씨가 죽었기 때문에 제인 오스틴의 문장도 모두 부스러기로 해체되어야 합니까? 그렇게 되어야 한다면 슬픈 일이군요. 나는 한숨을 쉬었습니다. 왜냐하면, 모차르트의 음악이 한 노래에서 다른 노래로 옮겨 가듯이 제인 오스틴의 글은 한 멜로디에서 다른 멜로디로 넘어가는 반면, 이 글을 읽는 것은 갑판도 없는 작은 배를 타고 바다로 나간 것과 같았기 때문이지요. 위로 솟구쳤다가 아래로 푹 꺼졌습니다. 문체의 간결함과 긴박감은 그녀가 무엇인가 두려워했음을 나타내고 있을지도 모릅니다. 어쩌면 '감상적'이라고 불릴까 봐 두려워했을지도 모르지요. 또는 여성의 글이 화려하다는 말을 기억하고 가시를 지나치게 많이 박아 놓았는지도 모릅니다. 하지만 한 장면을 주의 깊게 읽고 나서야, 그녀가 자기 자신을 표현하고 있는지 아니면 다른 사람이 되려고 하는지를 확인할 수 있을 것입니다. 어쨌든 나는 좀 더 세심하게 읽어 가면서 그녀가 인간의 활력을 억누르지는 않는다고 생각했습니다. 그러나 그녀는 사실들을 너무 많이 쌓아 가고 있군요. 그녀는 이 정도 분량의 책(그것은 『제인 에어』의 절반 정도 되는 길이였습니다.)에서 그것들을 반도 사용할 수 없을 겁니다. 하지만 어떤 수단에 의해서인지 그녀는 우리 모두 — 로저, 클로이, 올리비아, 토니와 빅엄 씨 — 를 강을 거슬러 올라가는 카누로 모으는 데 성공했습니다. 나는 의자에 기대면서 잠깐만 기다리라고 말했지요. 더 앞으로 나아가기 전에 전체를 좀 더 신중하게 살펴보아야 하니까요.

메리 카마이클이 우리에게 속임수를 쓴 것이 확실하다고 나는 중얼거렸습니다. 왜냐하면 전향선 철로에서 아래로 내려갈 거라고 예측했던 차가 궤도를 벗어나 다시 위로 올라갈 때의 기분을 느끼기 때문입니다. 메리는 예상된 연속성을 함부로 바꾸고 있었지요. 처음에는 문장을 부수어 놓고 이제는 연속성을 부수어 버렸습니다. 좋습니다. 부수기 위해서가 아니라 창조하기 위해서 그렇게 한다면 그런 일을 할 만한 권리가 있지요. 그 둘 중 어느 쪽인지는 그녀가 어떤 상황에 직면할 때까지 확인할 수 없습니다. 나는 그 상황이 어떤 것이 될지 선택할 자유를 그녀에게 주겠습니다. 내킨다면 그녀가 통조림 깡통과 낡은 주전자에서 상황을 만들어 내도 좋습니다. 하지만 그녀가 그것이 상황이라고 믿고 있다는 것을 나에게 확신시켜야 합니다. 그리고 상황을 만들어 냈을 때 그녀는 그것에 직접 맞부딪쳐야 합니다. 그녀는 뛰어넘어야 합니다. 그녀가 나에게 작가로서 자신의 의무를 다한다면, 나도 그녀에게 독자로서 나의 의무를 다하리라 마음먹으며 책장을 넘기고 읽었지요……. 갑자기 말을 끊어서 미안합니다만 여기에 남성은 한 사람도 없습니까? 저기 붉은 커튼 뒤에 차트리스 바이런 경[45]이 숨어 있지 않다고 약속하실 수 있습니까? 여기 모두 여성들뿐이라고 보장합니까? 그렇다면 말씀드리지요. 내가 읽은 바로 다음 문장은 "클로이는 올리비아를 좋아했다."였습니다. 놀라지 마십시오. 얼굴을 붉히지 마십시오. 이러한 일들이 때로 일어난다는 것을 우리들만이 모인 곳에서 인정합시다. 때로 여성은 여성을 좋아합니다.

"클로이는 올리비아를 좋아했다." 나는 이 문장을 읽었지요. 그러자 그곳에 거대한 변화가 있다는 생각이 퍼뜩 들었습니다. 아마 문학사상 처음으로 클로이는 올리비아를 좋아했을 것입니다. 클레오파트라는 옥타비아를 좋아하지 않았습니다. 만약 그랬더라면 『안토니와 클레오파트라』는 완전히 다른 작품이 되었겠지요. 『생의 모험』에서 약간 벗어난 생각입니다만 실상 『안토니와 클레오파트라』는, 감히 이런 말을 해도 된다면, 터무니없이 단순하고 인습적인 작품입니다. 옥타비아에 대한 클레오파트라의 유일한 감정은 질투심이지요. 그녀가 나보다 키가 클까? 그녀는 머리 손질을 어떻게 할까? 어쩌면 그 희곡은 그 이상을 요구하지 않겠지요. 그러나 그 두 여성 간의 관계가 좀 더 복잡했더라면 그것이 얼마나 흥미로웠을까요? 문학 작품에 나타난 여성들 간의 관계는, 문학 작

45 차트리스 바이런 경은 여성 동성애를 다룬 래드클리프 홀(Radclyffe Hall)의 소설 『고독의 우물(The Well of Loneliness)』에 대한 외설 시비 재판을 맡은 대법관이었다. 버지니아 울프는 이 소설을 변호하려고 준비했었다. — 옮긴이

품에 전시된 빛나는 허구의 여성들을 재빨리 회상하면서 생각하건대, 너무나 단순합니다. 아주 많은 부분이 생략되었고 시도조차 되지 않았습니다. 나는 내가 읽어 본 가운데 두 여성이 친구로 묘사된 경우가 있었는지 기억해 보려고 했지요. 『교차로의 다이애나』[46]에는 그러한 시도를 하려는 흔적이 있습니다. 물론 라신의 작품과 그리스 비극에도 막역한 친구들이 나옵니다. 때로 모녀 간의 관계가 그러하지요. 그러나 거의 예외 없이 여성은 남성과 맺는 관계를 통해서만 제시됩니다. 제인 오스틴의 시대까지 픽션의 모든 위대한 여성들이 다른 성의 눈으로 보였을 뿐 아니라 다른 성과의 관계를 통해서만 보였다는 것은 참 이상한 일이었습니다. 남성과의 관계는 여성의 삶에서 아주 자그마한 부분밖에 차지하지 못하는데 말이지요. 게다가 남성이 검거나 붉은 성적 편견의 안경을 코에 걸치고 그 관계를 관찰할 때 그들은 그 관계에 대해서조차 제대로 알지 못합니다. 아마도 이런 이유로 픽션의 여성들은 특이한 성격으로 나타나겠지요. 놀랄 만큼 극단적으로 아름답거나 극단적으로 혐오스러운 존재이고, 천사 같은 선함과 악마 같은 사악함 사이에서 동요합니다. 한 남성이 자신의 사랑이 상승하는가 침체하는가에 따라서, 또는 순조로운가 그렇지 않은가에 따라서 여성을 보기 때문이지요. 물론 이것은 19세기의 소설가들에게는 적용되지 않습니다. 거기서 여성은 좀 더 다양하고 복잡한 존재가 됩니다. 실제로 어쩌면 여성에 대해서 쓰고자 하는 욕망 때문에 남성들은 여성을 거의 등장시킬 수 없었던 난폭한 시극을 점차 쓰지 않고 보다 적합한 양

46 조지 메러디스의 소설(1885). — 옮긴이

식으로서 소설을 고안하게 되었는지도 모릅니다. 그렇다 하더라도 남성에 대한 여성의 인식이 그렇듯이, 여성에 관한 남성의 이해도 편파적이며 대단히 제한되어 있다는 사실은 심지어 프루스트의 글에서도 명백히 드러납니다.

다시 그 책을 내려다보며 생각해 보건대, 여성도 가정생활에 대한 영원한 관심 외에 남성과 마찬가지로 다른 관심을 가지고 있다는 점 또한 분명해지고 있습니다. "클로이는 올리비아를 좋아했다. 그들은 실험실을 같이 쓰고 있었다……." 나는 계속 읽으며 그들 중 한 명은 결혼했고 두 명(아마도 맞을 겁니다.)의 어린아이가 있었지만 그 젊은 여성들은 악성 빈혈 치료를 위해 간을 잘게 자르는 데 몰두하고 있음을 알았습니다. 자, 이 모든 것들이 물론 과거의 문학 작품에서는 배제되어야 했고 그리하여 허구의 여성에 대한 빛나는 묘사는 너무 단순하고 지나치게 단조로웠던 것입니다. 예를 들어 남성이 문학에서 오로지 여성의 애인으로만 묘사되고, 다른 남성의 친구 또는 군인, 사상가, 공상가로 제시되는 일이 전혀 없었다고 상상해 봅시다. 그렇다면 셰익스피어의 희곡에서 그들이 차지할 수 있는 역할이 얼마나 적고, 문학은 얼마나 극심한 손상을 입었을까요! 아마 오셀로 같은 인물이 대부분이고 안토니 같은 인물도 상당수 있었겠지만 시저나 브루투스, 햄릿, 리어, 자크는 없었을 것이며, 문학은 믿을 수 없을 정도로 빈곤해졌을 겁니다. 여성에게 닫힌 문 때문에 실제로 문학이 측정할 수 없을 정도로 빈곤해진 것처럼 말이지요. 자신들의 의사와 상관없이 결혼하고 방 한 칸에 갇혀 한 가지 일만 하도록 강요된 여성을 어떤 극작가가 충실하고 흥미롭고 진실하게 묘사할 수 있겠습니까? 사랑만이 유일하게 가능한 통역

자였습니다. 시인은 열정적이거나 신랄하거나 둘 중 하나였습니다. 그가 '여성을 증오하기로' 작정하지 않았다면 말이지요. 그러나 이 경우는 대개 그가 여성에게 매력적이지 못하다는 의미였지요.

자, 클로이가 올리비아를 좋아하고 그들이 실험실을 같이 쓴다면 그들의 관계는 덜 개인적이므로 그들의 우정이 더욱 다양하게 지속될 것입니다. 만약 메리 카마이클이 글 쓰는 법을 안다면, (이제 나는 그녀의 문체가 가진 어떤 특질을 즐기게 되었습니다.) 그녀에게 혼자 쓸 수 있는 방이 있다면, (이 점에 대해서는 확신할 수 없습니다만) 그녀가 연간 500파운드를 가지고 있다면, (그것은 앞으로 입증되어야 할 사실이지요.) 그렇다면 대단히 중요한 어떤 일이 발생했다고 나는 생각합니다.

만약 클로이가 올리비아를 좋아하고 메리 카마이클이 그것을 표현하는 법을 안다면, 그녀는 지금까지 아무도 들어가 본 적이 없는 그 거대한 방에 횃불을 밝히게 되기 때문입니다. 사람들이 어디를 걷는지도 모르면서 촛불을 들고 위아래를 살펴보며 걸어가는 구불구불한 동굴처럼, 그곳은 온통 어슴푸레하고 깊은 그림자로 덮여 있습니다. 나는 그 책을 다시 읽기 시작했고, 올리비아가 선반에 병을 올려놓으며 아이들에게로 돌아갈 시간이라고 말하는 것을 클로이가 지켜보는 장면을 읽었습니다. 이것은 세계가 시작된 이래 한 번도 본 적이 없는 광경이라고 나는 경탄했지요. 그래서 나 또한 호기심에 차서 지켜보았습니다. 여성이 남성의 변덕스러운 편견의 빛으로 조명되지 않고 홀로 있을 때, 천장에 붙은 나방의 그림자만큼이나 어렴풋이 형성되는 그 기록되지 않은 제스처를 포착하고, 말해지지 않은 또는 반쯤 말해진 말들을 포착하기 위해 메리 카마이클이 어떻게 착수하는지 보고 싶었던 것입니다. 그 일을 하려면 그녀는 숨을 죽여야 할 거라고 나는 계속 읽으며 말했지요. 여성은 타인이 분명한 동기 없이 어떤 관심을 기울일 때 민감하게 의심을 품고 자신을 숨기거나 억누르는 데 끔찍할 정도로 익숙하므로, 자신을 관찰하는 듯한 눈의 깜박거림에도 사라져 버리기 때문입니다. 나는 메리 카마이클이 거기 있기라도 하듯이 그녀에게 말했습니다. 당신이 그 일을 해낼 수 있는 유일한 방법은 계속 창밖을 내다보며 어떤 다른 일에 대해 이야기하는 것이라고요. 그리하여 올리비아 — 수백만 년 동안 바위의 그늘 아래 웅크리고 있었던 이 유기체 — 가 자기 몸 위로 빛이 드는 것을 느끼고 낯선 음식들 — 지식, 모험, 예술 — 이 자신에게로 다가오는 것을 볼 때 어떤 일이 일어나는지 공책에 연필로 쓸 것이 아니라 가장 짧은 속기 즉 아직 거의 분절되지 않은 말로 기록하는 것이라고 말입니다. 그리고 다시 책에서 눈을 떼며 생각했지요. 올리비아는 새로운 음식들을 붙잡기 위해 손을 내밀고, 무한히 복잡하고 정교한 전체의 균형을 깨뜨리지 않은 채 새것을 옛것에 흡수시키기 위하여, 다른 목적을 위해서 고도로 발달된 자신의 재능들을 전적으로 새롭게 결합시켜야 합니다.

하지만 유감스럽게도 나는 하지 않으리라 결심했던 일을 해 버렸군요. 아무 생각 없이 나의 성을 칭찬하는 데 빠져들어 간 것이지요. '고도로 발달된', '무한히 복잡한', 이런 말들은 부정할 수 없는 찬사이고, 자신의 성을 칭찬하는 것은 항상 수상쩍고 종종 어리석은 일이지요. 게다가 이 경우 그 말들을 어떻게 정당화할 수 있겠습니까? 지도를 가리키면서 콜럼버스가 아메리카 대륙을 발견했고 콜럼버스는 여자였다고 말할 수도 없습니다. 또는 사과를 집어 들고 뉴턴이 중력의 법칙을 발견했으며 뉴턴은 여자였다고 언급할 수도 없지요. 또는 하늘을 보면서 머리 위로 비행기가 날아가고 있고 비행기는 여성이 발명했다고 할 수도 없습니다. 여성의 정확한 크기를 잴 수 있는 벽 위의 눈금도 없습니다. 훌륭한 어머니의 자질이나 딸의 헌신, 누이의 신의, 또는 가정주부의 능력을 잴 수 있는, 1인치보다 더 작은 눈금으로 세밀하게 구분된 야드 자도 없습니다. 아직까지도 대학에서 평가를 받아 본 여성이 거의 없습니다. 육군, 해군, 무역, 정치, 외교 등 전문직의 위대한 시련은 여성을 시험해 본 적이 거의 없지요. 지금 이 순간에도 여성은 거의 분류되지 않은 상태입니다. 그러나 내가 홀리 버츠 경에 대해서 인간이 알 수 있는 모든 것을 알고 싶다면, 버크나 더브렛[47]의 책을 펼치기만 하면 됩니다. 그러면 그가 이러저러한 학위를 받았으며 시골 저택을 소유하고 있고 상속자가 있으며 어느 성(省)의 대신이었고 캐나다에서 대영 제국을 대표했으며, 수많은 학위와 직책 그리고 그의 공적을 지울 수 없이 박아 놓은 메달과 훈장들을 받았다는 것을 알게 될 것입니다. 홀리 버츠 경에 대해 그보다 더 많이 아는 자는 오로지 하느님뿐이겠지요.

그러므로 내가 여성은 '고도로 발달된', '무한히 복잡한' 자질을 가지고 있다고 말할 때 나는 내 말을 휘터커나 더브렛 또는 대학 연감으로 입증할 수 없습니다. 이런 곤란한 처지에서 내가 무엇을 할 수 있을까요? 다시 책장을 보았습니다. 거

47 버크와 더브렛은 매년 발행되는 참고 서적들로서 영국 귀족 계급과 지주 신사 계층의 계보를 다룬다. — 옮긴이

기에는 존슨과 괴테, 칼라일, 스턴, 쿠퍼, 셸리, 볼테르, 브라우닝과 그 밖의 다른 사람들의 전기가 있었습니다. 다음과 같은 생각이 떠올랐지요. 이 모든 위인들은 이러저러한 이유로 여성을 찬미했고 여성과 교제하기를 바랐으며 여성과 함께 살았고 여성에게 비밀을 털어놓았으며 여성을 사랑했고, 여성에 대한 글을 썼고 여성을 신뢰했으며, 이성에 대한 필요와 의존이라고 표현될 수 있는 바를 드러냈다고요. 이 모든 관계들이 전적으로 플라토닉했다고는 단언하지 않겠습니다. 윌리엄 조인슨 힉스 경도 아마 부정하겠지요. 그러나 이 뛰어난 남성들이 이러한 관계에서 오직 안락함과 아부와 육체적인 쾌락만을 누렸다고 주장한다면, 그들을 상당히 부당하게 폄하하는 것이 될 겁니다. 그들이 얻은 것은 분명 자신들의 성이 제공할 수 없는 것이었습니다. 더 나아가, 의심할 바 없이 열광적인 시인들의 말을 인용하지 않고도, 그것은 이성만이 줄 수 있는 선물로서 어떤 자극이며 창조력의 부활이라고 정의한다 해도 경솔하지 않을 것입니다. 남성은 응접실이나 아이 방의 문을 열고 여성이 아이들 가운데 있거나 무릎 위에 수놓을 천을 올려놓고 앉아 있는 것을 — 어느 경우이건, 삶의 다른 질서와 다른 체계의 중심으로서 그녀를 — 보게 될 것입니다. 그러면 이러한 세계와 법정이나 하원 같은 그 자신의 세계의 대조로 인해서 이내 그의 심신은 상쾌해지고 활력을 찾게 될 것입니다. 아주 간단한 대화에서도 자연스러운 견해의 차이가 드러날 것이며 따라서 그의 고갈된 생각들은 다시 풍부해지겠지요. 그녀가 그와는 다른 매개체를 통하여 창조하는 광경을 봄으로써 그의 창조력은 되살아나고, 그의 메마른 마음은 알지 못하는 사이에 서서히 무엇인가를 다시 도모하게 될 것이며, 그녀를 방문하려고 모자를 썼을 때 자기에게 결여되어 있던 어구나 정경을 발견할 것입니다. 존슨 같은 이에게는 트레일 같은 여성이 있었고, 이러한 이유 때문에 그는 그녀에게 집착하는 것입니다. 그리고 트레일이 이탈리아인 음악 선생과 결혼할 때 존슨은 분노와 혐오감으로 거의 미치다시피 하는데, 이것은 그가 스트리트엄에서 유쾌한 저녁 시간을 보낼 수 없기 때문만이 아니라 자신의 삶의 빛이 "마치 꺼져 버린 듯"했기 때문입니다.

그리고 존슨 박사나 괴테 또는 칼라일이나 볼테르가 아니더라도, 이 위대한 사람들과는 대단히 다르겠지만, 우리는 여성 내면의 복잡한 성격과 고도로 발달된 창조력을 느낄 수 있습니다. 한 여성이 방으로 들어갑니다. 그러나 그녀가 방으로 들어갈 때 어떤 일이 일어나는지를 그녀가 말할 수 있으려면, 영어라는 언어가 가진 자원이 훨씬 늘어나야 하고 모든 단어들은 날개를 달고 뻗어 나가 파격적으로 새롭게 태어나야 할 겁니다. 방들은 모두 전혀 다르지요. 고요할 수도 있고 우레 같은 소리가 울릴 수도 있으며, 바다를 면하고 있을 수도, 아니면 정반대로 감옥의 뜰을 향할 수도 있습니다. 빨래들이 널려 있을 수도 있고, 오팔 같은 보석과 실크로 화려하게 장식될 수도 있지요. 또 말총처럼 거칠거나 새털처럼 부드러울 수도 있을 것입니다. 어느 거리에 있는 어떤 방이든 들어서기만 하면, 더할 수 없이 복합적인 여성성의 힘 전체가 얼굴로 날아들 것입니다. 어떻게 그렇지 않을 수 있겠습니까? 여성은 수백 년 동안 방 안에 앉아 있었기 때문에, 지금은 벽 자체에도 여성의 창조력이 스며들어 있습니다. 그 창조력은 실제로 수용 용량을 넘도록 벽돌과 회반죽을 채워 왔으므로, 이제는 펜과 화필, 사업, 정치에 연결되어야 합니다. 하지만 이 창조력은 남성의 창조력과는 전적으로 다르지요. 그 창조력이 좌절되거나 소모된다면 천만번 유감스러운 일일 거라고 단언해야 합니다. 여성의 창조력은 몇 세기에 걸쳐 더없이 고통스러운 훈련에 의해 얻어졌고 그것을 대신할 만한 것은 없으니까요. 여성이 남성처럼 글을 쓰거나 남성과 같은 생활을 하거나 또는 남성처럼 보인다면, 그것도 천만번 유감스러운 일이지요. 세계의 광대함과 다양함을 고려해 볼 때 두 가지 성으로도 너무나 불충분할진대, 하나의 성만 가지고 어떻게 해 나갈 수 있겠습니까? 교육은 유사성보다는 차이점을 이끌어 내고 강화해야 하지 않을까요? 현 상태에서 우리는 너무나 유사합니다. 만약 어떤 탐험가가 돌아와서 다른 나뭇가지들 사이로 다른 하늘을 바라보는 다른 성들에 대해 전해 준다면 인류에게 그보다 더 큰 봉사는 없을 겁니다. 게다가 우리는 X 교수가 자신이 '우월'하다는 것을 입증하기 위해 측정 자를 가지러 뛰어가는 것을 지켜보는 재미를 덤으로 누리겠지요.

메리 카마이클은 자신에게 마련된 일을 그저 관찰자로서 수행할 거라고 나는 아직 책 위의 허공에 눈길을 주면서 생각했습니다. 유감스럽게도 그녀는 소설가 부류 가운데 그다지 흥미롭지 못한 분파, 다시 말해서 사색적 소설가가 아니라 자연주의적 소설가가 되고 싶은 유혹을 느낄 것입니다. 그녀가 관찰해야 할 새로운 사실들이 너무 많으니까요. 그녀는 더 이상 중상 계층의 점잖은 집에 국한될 필요가 없습니다. 친절을 베풀거나 짐짓 겸손한 척할 필요 없이 그녀는 동류의식을 가지고 좁고 냄새나는 방으로 들어갈 것입니다. 거기에는 고급 창부와 매춘부 그리고 발바리를 안고 있는 여자가 남성 작가들이 그들의 어깨에 강제로 끼워 놓은 거친 기성복을 입고 아직까지 앉아 있지요. 그러나 메리 카마이클은 가위를 들고 우묵한 곳이나 각이 진 곳에 맞게 잘라 낼 것입니다. 후에 이 여성들을 있는 그대로의 모습으로 보는 것은 호기심을 끄는 광경이겠지요. 하지만 우리는 좀 더 기다려야 합니다. 왜냐하면 아직 메리 카마이클은 성적 야만의 유산인 '죄'에 직면하여 자의식으로 방해받을 테니까요. 그녀는 아직도 낡고 허위적인 계급의 족쇄를 발에 차고 있을 겁니다.

하지만 여성 대다수는 매춘부도 고급 창부도 아닙니다. 또 여름날 오후 내내 먼지투성이의 우단 옷에 발바리를 끌어안고 앉아 있지도 않습니다. 그러면 그들은 무엇을 할까요? 내 마음의 눈에는 강의 남쪽 어딘가 무수히 늘어선 집들에 수많은 사람들이 모여 사는 긴 거리가 떠올랐습니다. 나는 상상의 눈으로 아주 늙은 여인이 아마도 자기 딸일 중년 여성의 팔에 기대어 길을 건너는 것을 보았습니다. 둘 다 품위 있게 구두를 신고 모피를 둘렀는데 그날 오후 그들의 옷 치장은 틀림없이 하나의 의식이었을 겁니다. 그 옷들은 매년 여름철 내내 방충제를 넣은 옷장 속에 보관되었겠지요. 매년 해 왔던 것처럼 그들은 가로등에 불이 켜지고 있을 때 (어스름이 깔리는 저녁이 그들이 좋아하는 시간이므로) 길을 건너갑니다. 노인은 여든 살에 가까웠지요. 그러나 누군가 그녀의 삶이 스스로에게 무엇을 의미하는지 그녀에게 묻는다면, 그녀는 발라클라바 전투 때문에 거리에 불이 켜졌던 것을 기억한다거나 에드워드 7세의 탄생을 축하하기 위해 하이드 파크에서 축포가 울린 것을 들었다고 말할 것입니다. 그리고 누군가가 날짜와 계절을 정확히 꼬집어서 1868년 4월 5일과 1875년 11월 2일에 무엇을 하고 있었느냐고 그녀에게 묻는다면 그녀는 흐리멍덩한 표정으로 아무것도 기억할 수 없다고 말할 것입니다. 언제나 저녁 식사를 준비했고 접시와 컵 들을 닦았지요. 아이들은 학교에 다녔고 사회에 나갔습니다. 그 모든 일에서 남은 것은 전혀 없습니다. 모두가 사라져 버렸지요. 어떠한 전기나 역사도 그것에 대해 한마디 말도 하지 않습니다. 그리고 소설은 그럴 의도는 없더라도 불가피하게 거짓말을 하지요.

무한히 불명료한 이 모든 삶을 기록하지 않으면 안 된다고 나는 메리 카마이클이 내 앞에 있기라도 하듯 그녀에게 말했습니다. 그리고 나의 상상 속에서 무언의 압력과 기록되지 않은 삶의 축적을 느끼며 런던 거리를 따라 걸어갔습니다. 길모퉁이에서 양손을 허리에 대고 서 있는 여자들이 살찌고 부어오른 손가락에 파묻힌 반지를 끼고 흡사 셰익스피어의 대사를 읊듯 격렬한 몸짓을 하면서 이야기하고 있군요. 또 문간 아래에는 제비꽃을 파는 여자와 성냥팔이 여자 그리고 노파가 쭈그리고 앉아 있습니다. 저기 정처 없이 떠도는 소녀들의 얼굴에는, 햇빛과 구름을 반사하는 파도처럼, 다가오는 남녀들과 쇼윈도의 명멸하는 빛이 어른거렸습니다. 횃불을 손으로 단단히 붙잡고 이 모든 것들을 탐구해야 한다고 나는 메리 카마이클에게 말했습니다. 무엇보다도 당신은 당신 영혼의 깊은 곳과 얕은 곳을, 그것의 허영과 관대함을 밝혀 주어야 합니다. 그리고 당신의 아름다움 혹은 평범한 용모가 당신에게 무엇을 의미하는지, 인조 대리석이 깔린 포목점들 옆 약국의 약병에서 흘러나오는 희미한 냄새 속에서 위아래로 흔들리는 장갑, 구두, 잡동사니 등 끊임없이 변화하는 세계와 당신이 어떤 관계가 있는지 이야기해야 합니다. 상상 속에서 나는 한 상점 안으로 들어갔지요. 바닥은 흑백으로 포장되어 있고 놀랄 만큼 아름다운 색깔의 리본이 걸려 있었습니다. 나는 메리 카마이클도 지나가면서 그것을 보았을 거라고 생각했습니다. 그것은 안데스 산맥의 눈 덮인 봉우리 또는 암석투성이의 골짜기만큼이나 글로 옮기기에 적합한 광경이니까요. 또 카운터 뒤에 한 소녀가 있습니다. 나는 나폴레옹의 생애를 백쉰 번째로 쓴다든가 키츠에 대한 연구를 칠십 번째로 한다든가, 늙은 Z 교수와 그 부류들이 지금 쓰고 있는, 밀턴의 어순 도치를 키츠가 이용했다는 등의 글을 쓰느니 차라리 그녀의 진정한 역사를 쓸 것입니다. 그러고 나서 나는 아주 신중하게, 혀끝이 아니라 발가락 끝으로(나는 무척 겁이 많아서 한때 내 어깨에 거의 닿을 뻔했던 채찍질을 아주 겁내고 있지요.) 메리 카마이클이 남성의 허영심(아니면 특이성이라고 말하는 편이 나을까요, 그것이 훨씬 덜 공격적인 말이니까요.)을 신랄하지 않게 비웃는 법을 배워야 한다고 중얼거렸습니다. 왜냐하면 사람의 머리 뒤쪽에는 스스로 볼 수 없는 동전만 한 크기의 반점이 있으니까요. 뒤통수의 그 동전만 한 크기의 반점을 묘사하는 것은 한 성이 다른 성에게 베풀어 줄 수 있는 훌륭한 호의 중 하나입니다. 여성들이 유베날리스의 논평과 스트린드베리의 비평에서 얼마나 많은 도움을 받았는지 생각해 보십시오. 고대로부터 남성들이 얼마나 인간적으로 또 얼마나 탁월하게 여성의 머리 뒤쪽의 그 어두운 곳을 지적해 왔는지 생각해 보십시오. 만약 메리가 아주 용감하고 대단히 정직하다면, 그녀는 남성의 뒤편으로 가서 그곳에서 무엇을 발견했는지 우리에게 말해 줄 것입니다. 여성이 동전 크기의 그 반점을 묘사한 후에야 비로소 남성의 진정한 초상화가 총체적으로 그려질 수 있습니다. 우드하우스 씨와 캐서번 씨[48]는 그 반점의 성격을 드러내는 인물들입니다. 물론 어느 누구라도 양식이 있는 사람이라면, 그녀에게 일정한 목적을 가지고 조롱과 조소로 일관하라고 권고하지 않을 것입니다. 문학은 그런 정신으로 쓰인 것이 무익함을 보여 주지요. 우리는 사실에 충실하라고 말할 것입니다. 그러면 그 결과는 틀림없이 놀라울 정도로 흥미로울 테니까요. 희극은 반드시 풍부해질 것이고, 새로운 사실들이 어김없이 발견될 것입니다.

그러나 눈을 내려서 다시 책을 보아야 할 때가 되었습니다. 메리 카마이클이 무엇을 쓸 수 있고 써야 하는지 생각하기보다는 그녀가 실제로 무엇을 썼는지 살펴보는 것이 더 나을 테지요. 그래서 나는 다시 읽기 시작했습니다. 나는 그녀에게 무언가 불만을 느꼈던 것을 기억했지요. 그녀는 제인 오스틴의 문장을 해체해 버렸고, 그리하여 흠잡을 데 없는 내 취향과 까다로운 청력을 자랑할 만한 기회를 주지 않았습니다. 그 두 작가 사이에 어떠한 유사성도 없다는 것을 인정해야만 했을 때 "그래, 이 부분은 상당히 좋군. 하지만 제인 오스틴은 당신보다 훨씬 더 잘 썼지."라고 말해 봤자 아무 소용없으니까요. 게다가 더 나아가 그녀는 연속성, 즉 기대되는 순서를 깨뜨렸습니다. 어쩌면 그녀는 여성답게 글을 쓰려는 여성으로서 무의식적으로 연속성을 깨뜨리면서 사물에 그저 자연스러운 질서를 부여했을지 모릅니다. 그러나 그 결과는 다소 곤혹스러웠지요. 산더미처럼 높아지는 파도를 볼 수 없고, 다음

48 우드하우스는 제인 오스틴의 『에마』에, 캐서번은 조지 엘리엇의 『미들마치』에 등장하는 인물이다. — 옮긴이

모퉁이를 돌아 나오는 위기를 볼 수 없었습니다. 그러므로 나는 내 감정의 깊이와 인간의 심정에 대한 심오한 이해를 자랑할 수 없었지요. 내가 사랑이나 죽음에 관해 일상적인 곳에서 일상적인 것을 느끼려고 할 때마다, 그 골치 아픈 작가는 마치 조금 더 나아가야 중요한 것이 나오는 듯 나를 잡아챘습니다. 그리하여 나는 '본질적인 감정'이나 '인간성의 공통적인 자질', '인간 심정의 깊이'와 같이 여운이 남는 말이나 인간이 표면적으로는 아무리 잔꾀가 많다 하더라도 밑바탕에서는 대단히 진지하고 심오하며 인도적이라는 우리의 믿음을 지탱해 줄 말들을 낭랑하게 읊을 수 없었지요. 그녀는 인간이 진지하고 심오하며 인도적인 것이 아니라 그 반대로 — 훨씬 매력적이지 못한 생각이었지만 — 그저 나태할 뿐이며 게다가 인습적이라고 느끼게 만들었습니다.

그러나 나는 계속 읽었지요. 그리고 다른 사실들을 주목했습니다. 그녀는 '천재'가 아니었습니다. 그것은 명백했지요. 그녀는 위대한 선배들, 즉 레이디 윈칠시, 샬럿 브론테, 에밀리 브론테, 제인 오스틴, 조지 엘리엇이 지녔던 자연에 대한 사랑이나 열렬한 상상력, 열광적인 시상, 빛나는 기지와 명상적 지혜를 가지고 있지 못했습니다. 그녀는 도로시 오즈번처럼 아름다운 선율과 기품이 넘치도록 쓸 수도 없었지요. 실제로 그녀는 그저 영리한 여성에 불과했고 그녀의 책들은 틀림없이 십 년이 지나면 출판업자들에 의해서 펄프로 환원될 것입니다. 그러나 그럼에도 불구하고, 그녀는 훨씬 위대한 재능을 가진 여성들에게 오십 년 전만 해도 결여되어 있던 어떤 유리한 점을 가지고 있었지요. 그녀에게 남성은 더 이상 '반대 당파'가 아니었습니다. 그녀는 남성들을 맹렬히 비난하느라 시간을 허비할 필요가 없습니다. 그녀는 지붕으로 올라가서 자신에게 허용되지 않는 여행, 경험, 세상과 사람들에 대한 지식을 갈망하며 마음의 평화를 깨뜨릴 필요가 없지요. 공포와 증오는 거의 사라졌습니다. 아니면, 자유의 기쁨에 대한 약간 과장된 표현이나 남성을 다룰 때 낭만적이라기보다 신랄하고 풍자적으로 나아가는 경향에서 그 흔적이 조금 엿보였다고나 할까요. 그렇다면 소설가로서 그녀가 상당한 수준의 자연스러운 이점을 누렸다는 것은 의심할 바 없습니다. 그녀는 매우 폭넓고 열성적이며 자유로운 감수성을 가지고 있었습니다. 그 감수성은 거의 지각할 수 없을 정도의 미세한 감촉에도 반응을 보였습니다. 그녀의 감수성은 야외에 새로 심어 놓은 식물처럼 자기에게 와 닿는 모든 광경과 소리를 마음껏 즐겼습니다. 또한 그것은 호기심에 가득 차서 거의 알려지지 않고 기록되지 않은 것들 사이로 아주 섬세하게 퍼져 나갔습니다. 그 감수성은 작은 것들 위에 내려앉아서 어쩌면 그것들이 결코 작지 않다는 것을 보여 주었지요. 그녀의 감수성은 사장되었던 것들에 빛을 밝혀 주었고, 그것들을 사장할 필요가 있었는지 의아하게 여기도록 만들었습니다. 그녀는 비록 서툴렀고, 새커리나 램 같은 작가들이 조금만 펜을 놀려도 귀를 즐겁게 해 주는 작품을 만들어 낸 오랜 남성 문학 전통과의 무의식적인 관련이 없었으나, 그녀는 첫 번째 중요한 교훈을 터득했다고 나는 생각하게 되었지요. 즉 그녀는 여성으로서, 그러나 자신이 여성이라는 것을 잊어버린 여성으로서, 글을 쓴 것입니다. 그리하여 그녀의 책은 성이 그 자체를 의식하지 않을 때라야 생겨나는 그 신기한 성적 자질로 가득 차 있습니다.

이 모든 것들은 이득이 되는 것입니다. 그러나 그녀가 일

시적인 것과 개인적인 것들로 무너지지 않을 항구적인 건축물을 세울 수 없다면 아무리 풍부한 감각과 섬세한 인식이라도 아무 쓸모가 없겠지요. 나는 그녀가 '어떤 상황'에 직면할 때까지 기다리겠다고 말했었지요. 그 말의 의미는, 부르고 손짓하고 한데 그러모음으로써 그녀가 그저 표면만 스친 것이 아니라 심연 저 밑바닥까지 들여다보았다는 것을 입증할 때까지라는 뜻입니다. 어느 순간에 그녀는 스스로에게 말하겠지요. 자, 이제 무리하게 어떤 일을 억지로 하지 않아도 이 모든 것의 의미를 보여 줄 수 있는 때가 되었다고 말입니다. 그리하여 그녀는 부르고 손짓하기 시작할 것이며 (그때의 활발한 생기는 의심할 바 없지요!) 그러면 다른 장(章)들에서 이야기 도중에 넌지시 비쳤던 아주 사소한 것들, 반쯤 잊힌 것들이 기억에 떠오를 것입니다. 그녀는 누군가 바느질을 하거나 담배를 피우는 동안 될 수 있는 대로 자연스럽게 그 잊힌 것들의 존재가 느껴지도록 만들 것입니다. 그녀가 계속 써 나가는 동안 우리는 마치 세상 꼭대기에 올라서서 저 아래 아주 장엄하게 펼쳐진 세상을 내려다본 듯한 기분이 들겠지요.

어쨌든 그녀는 그런 시도를 하고 있었습니다. 그리고 그녀가 그 시험을 치르기 위해 오랫동안 준비하는 것을 지켜보면서 나는 그녀에게 경고와 충고의 고함을 지르는 주교, 사제장, 박사, 교수, 가장, 교육자 들을 보았고, 그녀가 그들을 보지 않았기를 바랐지요. 당신은 이런 일을 할 능력이 없고, 저런 일은 해서는 안 됩니다! 대학 연구원과 학자 들만이 잔디밭에 들어갈 수 있습니다! 부인들은 소개장 없이는 들어갈 수 없습니다! 열망을 품은 우아한 여류 소설가들은 이쪽으로 오십시오! 이처럼 그들은 경마장의 울타리에 몰려든 관중들처럼 그녀에게 계속 소리 질렀고, 그녀가 치를 시험은 오른쪽이나 왼쪽을 돌아보지 않고 울타리를 넘는 것이었지요. 만약 당신이 욕설을 퍼붓기 위해 멈춰 선다면 당신은 파멸이라고 나는 그녀에게 말했지요. 비웃기 위해 멈추어도 마찬가지라고 말입니다. 망설이거나 더듬거린다면 당신은 끝장이다. 오로지 뛰어넘는 것만을 생각하라. 나는 그녀의 등에 내 온 재산을 건 것처럼 간청했습니다. 그리고 그녀는 새처럼 그것을 가볍게 넘었습니다. 그러나 그 너머에도 울타리가 있고 또 그 너머에도 있었지요. 박수 소리, 고함 소리가 신경을 마모시키고 있었으므로 그녀가 지구력을 가질 수 있을지 의심스러웠습니다. 그러나 그녀는 최선을 다했지요. 메리 카마이클이 천재도 아니고, 돈과 시간, 여유 등의 바람직한 조건들을 충분히 갖추지도 못한 채 침실 겸 거실에서 첫 번째 소설을 쓰고 있는 무명의 여성이라는 점을 고려한다면 그리 나쁘지는 않다고 생각했습니다.

나는 마지막 장(章)을 읽으며 (누군가 거실의 커튼을 걷어서 별이 총총한 하늘을 배경으로 사람들의 코와 드러난 어깨가 적나라하게 보였지요.) 그녀에게 백 년을 더 주자고 결론지었습니다. 그녀에게 자기만의 방과 연간 500파운드를 주자, 그녀가 솔직하게 자신의 내면을 이야기하고 지금 쓴 것의 절반을 빼 버리도록 허용해 주자, 그러면 그녀는 조만간 더 나은 책을 쓸 거라고 말입니다. 나는 메리 카마이클이 쓴 『생의 모험』을 서가의 끝에 꽂으며 그녀는 시인이 될 거라고 말했습니다. 앞으로 백 년이 지나면 말이지요.

6장

다음 날 시월의 아침 햇살이 커튼을 치지 않은 창문으로 들어와 광선 줄기 사이로 먼지들을 내비쳤습니다. 거리는 시끄러운 차 소리로 다시 소란스러웠지요. 런던은 이 시간이면 다시 기지개를 켜며 준비 운동을 합니다. 자리를 털고 일어난 공장이 기계를 돌리기 시작한 것이지요. 앞서 여러 책들을 읽고 난 후 이제 창밖을 내다보며 1928년 10월 26일 아침에 런던은 무엇을 하고 있는지 보고 싶어졌습니다. 런던은 무엇을 하고 있을까요? 어느 누구도 『안토니와 클레오파트라』를 읽고 있는 것 같지는 않았습니다. 런던은 셰익스피어의 희곡에 전혀 관심이 없는 듯했지요. 어느 누구도 소설의 미래나 시의 죽음, 평범한 여성의 마음을 완벽하게 표현해 줄 산문체의 발달에 대해 털끝만큼도 — 그들을 비난하는 것은 아닙니다만 — 신경을 쓰지 않았습니다. 만약 이런 문제에 대한 견해들이 보도 위에 분필로 쓰여 있다면, 그것을 읽으려고 몸을 굽히는 사람은 없을 겁니다. 무관심하고 분주하게 움직이는 발자국들이 삼십 분 만에 그것을 문질러 지워 버리겠지요. 저기

심부름꾼 소년이 오고 있군요. 한 여인이 개를 줄에 매어 끌고 지나갑니다. 런던 거리의 매력이라 할 만한 점은 서로 비슷해 보이는 사람이 단 한 명도 없다는 사실입니다. 각자 사적인 자기 용무에 얽매여 있는 듯 보이지요. 사업가처럼 보이는 사람들이 작은 가방을 들고 지나갑니다. 지하실 출입구 난간에다 지팡이를 부딪치며 정처 없이 다니는 사람들도 있습니다. 길거리를 클럽의 회원실 정도로 여기는지 마차에 탄 사람들에게 큰 소리로 인사하고 묻지도 않는데 새로운 소식을 알려 주는 붙임성 있는 사람들도 있습니다. 또한 장례식 행렬도 지나갑니다. 행인들은 자신들의 육체도 사라져 버릴 것을 갑자기 깨닫기라도 한 듯 모자를 들어 경의를 표하는군요. 또 아주 별난 차림의 신사가 천천히 층계를 내려오고 있습니다. 그는 허둥대는 어떤 부인을 비켜 가기 위해 멈춰 섰습니다. 그녀는 무슨 수로 장만했는지 화려한 모피 코트를 입고 파르마 제비꽃 한 다발을 안고 있습니다. 이들 모두는 각각 분리되어 자기 일에만 몰두하고 있는 듯이 보였지요.

바로 그 순간 통행이 완전히 뜸해지고 정지되었습니다. 런던에선 가끔 이런 일이 있지요. 아무것도 거리를 따라 내려오지 않았고 아무도 지나가지 않았습니다. 거리 끝의 플라타너스에서 이파리 하나가 떨어져 그 휴지(休止)와 정지의 순간에 내려앉았습니다. 어쩐지 그것은 하나의 신호, 지금까지 사람들이 간과해 온 사물에 내재한 힘을 가리키는 신호 같았지요. 그것은 눈에 보이지 않게 흘러가면서 모퉁이를 돌고 길을 따라 사람들을 끌어가 소용돌이치게 하는 어떤 흐름을 가리키는 듯했습니다. 옥스브리지에서 보트에 탄 학부생과 낙엽을 싣고 흐르던 강처럼 말입니다. 이제 그 흐름은 거리의 한쪽에서 대각선 방향의 다른 쪽으로 에나멜가죽 구두를 신은 한 소녀를 실어 왔습니다. 그러고 나서 밤색 외투를 입은 젊은이를 데려오고 있었습니다. 그것은 또한 택시도 실어 왔지요. 그것은 이 세 가지를 모두 내 창문 바로 밑으로 데려왔습니다. 그곳에서 택시가 멈추었고 소녀와 젊은이도 멈추었지요. 그들은 택시에 올라탔고 마치 그 흐름에 휩쓸리듯 미끄러지며 이내 다른 곳으로 사라졌습니다.

그 광경은 아주 일상적인 것이었지요. 그런데도 이상한 것은 내 상상력이 그 광경에 역동적인 질서를 부여했고, 두 사람이 택시에 올라타는 일상적인 광경이 외견상 그들의 만족감 같은 것을 전달하는 힘이 있었다는 사실입니다. 나는 택시가 방향을 돌려 사라지는 것을 지켜보면서 두 사람이 거리를 따라 내려와 모퉁이에서 만나는 광경이 마음의 긴장을 덜어 주는 것 같다고 생각했습니다. 어쩌면 내가 지난 이틀간 생각해 온 방식대로 한 성을 다른 성과 구별하여 생각하는 것은 고역스러울지도 모릅니다. 그것은 마음의 통일성을 방해하지요. 이제 두 사람이 함께 만나서 택시에 올라타는 광경을 봄으로써 그 노력은 중단되었고 마음의 통일성이 회복되었습니다. 마음이란 확실히 우리가 그것에 대해 아무것도 모르면서도 전적으로 의존하는, 참으로 신비로운 기관입니다. 나는 창문에서 고개를 돌려 안으로 들어가면서 곰곰이 생각해 보았습니다. 우리 몸이 명백한 원인들로 인해서 긴장하듯이, 마음에도 단절과 대립이 있다고 느낀 것은 무엇 때문일까요? '마음의 통일성'이라는 말은 무엇을 의미할까 하고 나는 골똘히 생각했습니다. 마음이란 어느 때고 어떤 점에라도 집중할 수 있는 막대한 능력을 지녔기에 단일한 상태로 존재하지 않는 듯하니까요. 예를 들어 그것은 거리의 사람들과 스스로를 분리시킬 수 있고, 2층 창문에서 사람들을 내려다보면서 그들과 그 자체를 별개의 것으로 생각할 수 있습니다. 혹은 군중들 가운데에서 새로운 소식이 발표되기를 기다릴 때처럼 자발적으로 다른 사람들과 같은 생각을 할 수도 있지요. 아버지를 통해서 또는 어머니를 통해서 거슬러 올라가 생각할 수도 있습니다. 글을 쓰는 여성은 자기 어머니를 통해서 거슬러 올라가 생각한다고 앞에서 말했던 것처럼 말이지요. 만약 여성이라면 또한 그녀는 종종 갑작스러운 의식의 분열에 놀라게 됩니다. 이를테면 화이트홀을 따라 걸으면서 자신이 그 문명의 타고난 계승자가 아니라 그 반대로 문명의 변두리에 서 있는 이질적이고 비판적인 존재라는 사실을 깨닫게 되듯이 말이지요. 분명히 마음은 항상 그 초점을 변화시키고, 세계를 다양한 시각으로 보게 합니다. 그러나 자연스럽게 든 것이라도 어떤 마음 상태는 다른 마음 상태보다 불편해 보입니다. 불편한 마음 상태를 지속하고 있으려면 사람은 무의식적으로 무엇인가를 억제하게 되고 점차 그 억제는 고역스러운 일이 됩니다. 그러나 어떤 것도 억제할 필요가 없기 때문에, 노력하지 않고도 지속할 수 있는 마음 상태가 있습니다. 아마 지금이 그런 마음일 거라고 나는 창문에서 물러나며 생각했지요. 왜냐하면 그 두 사람이 택시에 올라타는 것을 보았을 때, 마음이 분열되어 있다가 다시 모여서 자연스럽게 융합된 듯했기 때문입니다. 두 성이 협력하는 것이 자연스러운 현상이라는 사실이 그 명백한 이유이겠지요. 우리에게는, 남성과 여성의 결합이 최고의 만족과 가장 완벽한 행복을 이룬다는 이론을 선호하는, 비합리적일지라도 심오한 본능이 있습니다. 그러나 두 사람이 택시에 올라탄 광경과 그것이 나에게 준 만족감으로 인해 나는 육체의 두 성에 상응하는 마음속의 두 성이 있는지, 그리고 그것들도 또한 완전한 만족과 행복을 위해서 결합되기를 요구하고 있는지 자문해 보았습니다. 더 나아가 나는 서투르게 영혼의 윤곽을 그려 보았지요. 두 종류의 힘, 즉 남성적인 힘과 여성적인 힘이 우리 인간의 내면세계를 관장하고 있습니다. 남성의 두뇌에서는 남성적인 것이 여성적인 것보다 우세하고, 여성의 두뇌에서는 여성적인 것이 남성적인 것보다 우세합니다. 그 두 가지가 함께 조화를 이루고 정신적으로 협력할 때 우리는 정상적이고 편안한 상태가 됩니다. 남성이라 하더라도 자기 두뇌의 여성적인 부분을 사용해야 합니다. 여성도 또한 자기 내면의 남성적인 부분과 교섭을 가져야 하지요. 콜리지가 위대한 마음이란 양성적이라고 말했을 때 그 말의 의미는 아마 이런 것이었을 겁니다. 이러한 융화가 일어날 때라야 마음은 온전히 풍부해지고 제 기능을 모두 사용하게 됩니다. 아마도 순전히 남성적인 마음은 순전히 여성적인 마음과 마찬가지로 창조력을 잃을 것입니다. 그러나 잠시 멈춰 서서 책 한두 권을 살펴보며 여성적 남성과 그 반대로 남성적 여성이 무엇을 의미하는지 알아보는 것이 좋겠지요.

위대한 마음은 양성적이라는 콜리지의 말은, 여성에게 어떤 특별한 공감을 가진 마음이나 여성의 대의를 채택하여 여성을 대변하는 데 헌신하는 마음을 뜻한 것이 분명 아니었습니다. 어쩌면 양성적인 마음은 한 가지 성의 마음보다 이러한 성적 차이를 더욱 구별하지 못할지도 모르지요. 콜리지가 언급한 양성적 마음이란 타인의 마음에 열려 있고 공명하며, 아무런 방해도 받지 않고 감정을 전달할 수 있고, 본래 창조적이고 빛을 발하며 분열되지 않은 것이라는 뜻이었을 겁니다. 실제로 양성적인 마음, 여성적 남성의 마음을 보여 주는 전형으로 셰익스피어의 마음을 들 수 있습니다. 비록 셰익스피어가 여성을 어떻게 생각했는지는 알 수 없지만 말이지요. 그리고 실제로 성에 대해서 특별히 또는 분리해서 사고하지 않는 것이 완전히 발달된 마음의 징표라면, 과거 어느 때보다도 지금은 그 상태에 도달하기 훨씬 어려울 것입니다. 여기서 나는 현존 작가들의 책이 꽂힌 곳에 멈추어 서서, 오랫동안 나를 당혹하게 한 것의 근저에 이러한 사실이 자리 잡고 있는 게 아닐까 생각했습니다. 지금처럼 귀에 거슬릴 정도로 성을 의식한 시대는 없었을 것입니다. 여성에 관해서 남성이 저술한 대영 박물관의 그 무수한 책들이 그것을 입증하지요. 여성 선거권 운동도 틀림없이 한몫 단단히 했을 겁니다. 그것은 자기를 주장하고자 하는 특별한 욕망을 남성에게 일깨워 주었겠지요. 그리고 도전받지 않았더라면 애써 생각해 보지도 않았을 자신의 성과 그 성의 특징을 강조하도록 만들었을 겁니다. 그리고 사람이란 도전을 받게 되었을 때, 그전에 전혀 도전받은 적이 없었다면, 훨씬 지나치게 앙갚음을 하는 법입니다. 비록 그 상대가 검은 보닛을 쓴 몇 명의 여자라 하더라도 말이지요. 지금 한창 전성기에 있고 비평가들이 훌륭하다고 평가하는 A 씨의 신간 소설을 꺼내면서 나는 생각했습니다. 어쩌면 그러한 사실이 내가 이 책에서 발견했다고 기억하는 몇 가지 특징들을 설명해 줄 거라고 말이지요. 나는 그 책을 펼쳤습니다. 남성의 글을 다시 읽는 것은 정말 즐거웠습니다. 여성의 글을 읽은 후에 그것을 읽자 아주 직선적이고 대단히 솔직하게 느껴졌지요. 그 글은 마음의 자유와 일신의 자유분방함, 스스로에 대한 커다란 자신감을 드러냈습니다. 한번도 방해받거나 저지된 적이 없으며 태어날 때부터 내키는 대로 어느 쪽 방향이건 뻗어 나갈 수 있는 완전한 권리를 누려 온 이 자유로운 마음, 영양분을 풍부하게 공급받았고 훌륭한 교육을 받아 온 이 마음을 읽으면서 나는 물질적 풍요를 느꼈습니다. 이 모든 것이 감탄스러웠지요. 그러나 한두 장(章)을 읽고 나자 어떤 그림자가 책장을 가로질러 드리워지는 게 느껴졌습니다. 그것은 곧고 검은 막대기로 'I'[49]자 모양의 그림자였지요. 나는 그것 너머의 풍경을 흘끗 보려고 이쪽저쪽으로 몸을 옮겼습니다. 그러나 뒤쪽의 풍경이 실제로 나무 한 그루인지 어떤 여자가 걸어오는 것인지 확신할 수 없었지요. 되돌아오면 계속 'I'라는 글자가 나를 맞았습니다. 결국 나는 'I'에 싫증 나기 시작했지요. 이 'I'가 더할 나위 없이 존경할 만한 'I'이고, 정직하고 논리적이며, 견과처럼 단단하고, 몇 세기 동안의 훌륭한 교육과 질 좋은 영양 공급으로 다듬어졌다는 것을 부정하는 것은 아닙니다. 나는 진심으로 그 'I'를 존경하고 경탄합니다. 그러나 (여기서 나는 이것저것을 찾으며 한두 페이지를 넘겼습니다.) 가장 곤혹스러운 점은 그 'I'라는 글자의 그림자 속에서 모든 것의 형체가 안개처럼 사라졌다는 것입니다. 저건 나무일까요? 아니, 그건 여자군요. 그러나 …… 피비 — 그것이 그녀의 이름이었기에 — 가 해변을 가로질러 오는 것을 지켜보며 나는 그녀의 몸에 뼈가 하나도 없는 듯하다고 생각했습니다. 그때 앨런이 일어났고 앨런의 그림자가 금세 피비를 지워 버렸습니다. 앨런은 자기의 견해가 있었고, 피비는 그 견해의 홍수에 잠겨

49 '나', 즉 남성적 자아. — 옮긴이

버렸기 때문입니다. 나는 앨런이 정열을 가지고 있다고 생각했지요. 여기서 나는 위기가 다가오고 있음을 느끼면서 책장을 매우 빨리 넘겼습니다. 사실이 그러했지요. 그것은 내리쬐는 햇볕 아래 해변에서 일어났습니다. 그 일은 대단히 공공연히, 무척 박력 있게 일어났지요. 그 이상 외설적인 장면은 없었을 것입니다. 그러나 …… 나는 '그러나'를 너무 자주 썼군요. 계속해서 '그러나'라고 말할 수는 없는 일이지요. 여하튼 이 문장을 끝내야 한다고 나는 스스로를 꾸짖었습니다. "그러나 — 나는 지루해졌다!"라고 끝낼까요? 그러나 내가 왜 지루해졌을까요? 부분적으로는 'I'라는 글자의 지배력과 거대한 너도밤나무 같은 그 글자의 그늘에 드리워진 황폐함 때문이겠지요. 그곳에서는 아무것도 자랄 수 없을 테니까요. 그리고 다른 한편으로는 그보다 분명치 않은 이유 때문이었습니다. A 씨의 마음속에는 창조적 에너지의 샘을 봉쇄하고 그것을 좁은 테두리 안에 가두어 놓은 어떤 장애물, 어떤 방해물이 있는 듯 보였지요. 옥스브리지에서의 오찬과 담뱃재, 맨 섬 고양이, 테니슨과 크리스티나 로제티를 한 덩어리로 묶어서 기억해 보건대, 아마도 거기에 방해물이 있는 듯 여겨졌습니다. 피비가 해변을 가로질러 올 때 더 이상 그는 숨을 죽이고 "문가의 시계꽃 덩굴에서 빛나는 눈물이 떨어졌지."라고 콧노래를 부르지 않았고, 피비도 "내 마음은 노래하는 새, 둥지는 물오른 여린 가지에 있고."라고 답하지 않았지요. 그러니 앨런이 다가서서 무엇을 할 수 있겠습니까? 대낮처럼 정직하고 태양처럼 논리적이므로 그가 할 수 있는 일이라고는 오직 한 가지밖에 없습니다. 그를 온당하게 평가하자면, 그는 그 일을 자꾸자꾸 (나는 책장을 넘기면서 말했지요.) 반복합니다. 그리고 그 일은, 내 고백이 너무 대담하다는 것을 의식하면서 덧붙이건대, 어쩐지 지루해 보였습니다. 셰익스피어의 외설은 우리의 마음속에 수천 가지 다른 생각들을 뿌리째 흔들어 놓기 때문에 결코 지루하지 않습니다. 그러나 셰익스피어는 그 일을 재미 삼아 하지요. A 씨는, 유모들이 흔히 말하듯, 일부러 그 일을 합니다. 항의로 그렇게 하는 것이지요. 그는 자신의 우월함을 주장함으로써 다른 성과의 평등에 대항하는 것이지요. 그러므로 그는 방해받고 억제되고 자의식적입니다. 아마 셰익스피어도 클러프 양[50]이나 데이비스 양[51]을 알았더라면 그러했겠지요. 만약 여성 운동이 19세기가 아니라 16세기에 시작되었더라면 엘리자베스 시대의 문학은 틀림없이 실제와는 아주 달랐을 것입니다.

마음의 두 측면에 관한 이 이론이 유효하다면, 근래에 와서 남성성이 자의식적이 되었다고 결론지을 수 있습니다. 다시 말해, 현대의 남성은 자기 두뇌의 남성적인 면만 가지고 글을 쓴다는 것이지요. 여성이 그들의 글을 읽는 것은 무익한 일입니다. 부득불 그녀는 자신이 찾고자 하는 것을 발견할 수 없을 테니까요. 그들에게 가장 결핍된 것은 암시력입니다. 나는 비평가 B 씨의 책을 손에 쥐고 시의 기법에 관한 그의 논평을 주의 깊고 매우 충실하게 읽으며 그렇게 생각했지요. 그 논평은 상당히 훌륭하고 날카로우며 깊은 학식을 담고 있었지요. 그러나 문제는 비평가의 감정이 더 이상 전달되지 않는다

50 앤 제미마 클러프(1820~1892): 교육 운동가이며 케임브리지의 뉴넘 대학 학장.
51 에밀리 데이비스(1830~1921): 참정권 운동가이자 교육 운동가이고 케임브리지의 거턴 대학 학장.

는 점이었습니다. 그의 마음은 각각의 방에 단절되어 있었고 어떤 소리도 한 방에서 다른 방으로 옮겨 가지 못하는 듯했지요. 그러므로 B 씨의 문장 하나를 마음에 떠올리면 그것은 바닥으로 쿵 떨어져 — 죽어 버립니다. 그러나 우리가 콜리지의 문장 하나를 마음에 떠올리면 그것은 폭발하면서 온갖 다른 생각들을 탄생시키지요. 그런 것이야말로 영원한 생명의 비밀을 가지고 있다고 말할 수 있는 유일한 부류의 글입니다.

그러나 원인이 무엇이든 간에 현대의 남성이 남성적인 면만 가지고 글을 쓴다는 것은 통탄해야 할 사실입니다. 왜냐하면 그것은 (여기서 나는 골즈워디 씨와 키플링 씨의 책들이 줄지어 있는 곳에 와서 섰습니다.) 우리 시대의 가장 위대한 현존 작가들의 훌륭한 몇몇 작품들이 전혀 주목을 받지 못하게 됨을 의미하기 때문입니다. 아무리 노력한다 해도 여성은 그들의 작품에서 영원한 생명의 샘을 발견할 수 없습니다. 그것이 그 작품들 속에 있다고 비평가들은 그녀를 설득하려 들지만 말입니다. 그 작품들은 남성의 미덕을 찬미하고 남성적 가치를 강요하며 남성의 세계를 묘사할 뿐 아니라, 그 책들에 스며든 감정이 여성에게는 이해할 수 없는 것이기 때문입니다. 비평가들은 "그것이 나오고 있다, 그것이 점점 응집되고 있다, 그것이 머리 위에서 막 터져 나오려 한다."라고 작품이 끝나기 오래 전부터 말하기 시작합니다. 그 그림은 늙은 졸리온의 머리 위에 떨어질 것이고 그는 그 충격으로 죽을 것이며 늙은 서기가 그의 사망에 관해 두세 마디 사망 기사를 쓰겠지요. 그리고 템스 강의 모든 백조들은 동시에 노래를 터뜨릴 겁니다. 그러나 그런 일이 일어나기 전에 여성은 달아나서 구즈베리 덤불 속에 숨을 것입니다. 왜냐하면 남성에게는 대단히 깊고 지극히 섬세하며 무척이나 상징적인 감정이 여성에게는 불가사의한 것이니까요. 등을 돌린 키플링 씨의 장교들도 그렇습니다. 방탕의 씨를 뿌린 사람들, 홀로 자신의 작업에 몰두한 남성들 그리고 깃발 — 순전히 남성들만의 유흥을 엿듣다가 들킨 것처럼 이 모든 고딕체 활자들을 보며 여성은 얼굴을 붉히게 됩니다. 사실 골즈워디 씨나 키플링 씨는 내면에 여성적인 불꽃을 조금도 갖고 있지 않았지요. 그리하여 여성에게 그들의 모든 자질은, 일반화하여 이야기하자면, 조야하고 유치해 보입니다. 그들에게는 암시력이 결핍되어 있습니다. 그리고 어떤 책에 암시력이 결핍되어 있을 때, 그것이 마음의 표면에 아무리 세게 부딪친다 하더라도 내면을 뚫고 들어갈 수는 없습니다.

책을 꺼내어 보지도 않고 다시 꽂아 넣으며 불안한 마음으로 나는 앞으로 다가올 순전히 자기주장적인 남성다움의 시대를 상상해 보았습니다. 교수들의 편지(월터 롤리 경의 편지를 예로 들 수 있지요.)에서 예견된 바 있는, 그리고 이미 이탈리아의 지배자들이 출현시킨 것과 같은 시대 말이지요. 로마에 가면 순전한 남성성을 의식할 수밖에 없는데, 국가에 있어서는 순전한 남성성이 어떤 가치를 가지든 간에, 시 예술에 그것이 어떤 영향을 미칠 것인가에 대해 의문을 가져 볼 수 있습니다. 보도에 의하면 어쨌든 이탈리아에서는 소설에 대한 모종의 불안감이 있는 모양입니다. "이탈리아 소설을 발달시키기 위한" 목적으로 학술회 회원들의 회의가 열렸습니다. 일전에 "명문가 출신과 재정, 산업, 파시스트 법인의 유명 인사들"이 모여서 그 문제를 논의했고, "파시즘 시대는 곧 그것에 걸맞은 시인을 탄생시킬 것"이라는 희망을 담은 전문을 총통에게 보냈습니다. 우리 모두 그 경건한 희망에 동참할 수 있을 것입니다만, 인큐베이터에서 시가 나올 수 있을지는 의심스러운 일입니다. 시는 아버지뿐 아니라 어머니도 있어야 하니까요. 두려운 일입니다만, 파시즘 시는 어떤 소도시 박물관의 유리병 속에서나 볼 수 있는 작고 끔찍스러운 발육 부전 생물일 것입니다. 그런 괴물은 결코 오래 살지 못한다고 합니다. 그런 괴물이 들판에서 풀을 뜯어 먹는 일은 아직 없었습니다. 몸통 하나에 머리가 두 개 있다면 오래 살지 못하지요.

그러나 이 모든 것에 대한 책임을 묻고자 한다면, 비난의 화살이 어느 일방의 성에만 쏠리는 것은 아닙니다. 선동가들과 개혁가들 모두가 책임을 져야 합니다. 즉 그랜빌 경에게 거짓말을 했을 때의 레이디 베스버러와 그레그 씨에게 진실을 말했을 때의 데이비스 양 모두 말입니다. 성을 의식하도록 만든 모든 사람들이 비난을 받아야 합니다. 그리고 내가 책에 관한 나의 재능을 펼치려고 할 때 그 책을 데이비스 양과 클러프 양이 태어나기 이전의 그 행복한 시대, 즉 작가가 자기 마음의 두 측면을 똑같이 사용했던 시대에서 찾도록 한 것도 그들입니다. 그렇다면 우리는 셰익스피어로 돌아가야 하겠지요. 셰익스피어의 마음은 양성적이었으니까요. 키츠와 스턴, 쿠퍼, 램, 콜리지도 그러했습니다. 아마도 셸리는 무성(無性)이었을 겁니다. 밀턴과 벤 존슨은 내면에 남성적인 기질을 너무 많이 가지고 있었지요. 워즈워스와 톨스토이도 마찬가지였습니다. 우리 시대에는 프루스트가 전적으로 양성적 마음을 가지고 있고 어쩌면 여성적 마음이 조금 더 우세하다고 할 수 있겠지요. 그러나 그런 결함은 너무 희귀한 것이라서 불평할 수 없습니다. 그런 류의 혼합이 없다면 지성이 우세하게 되어 마음의 다른 기능들은 무감각해지고 메마르게 되기 때문이지요. 그러나 이것은 일시적인 국면일 거라고 나는 자위했습니다. 여러분에게 내 사고의 궤적을 서술하겠다는 약속을 이행하면서 지금까지 이야기해 온 것의 많은 부분들이 시대에 뒤떨어진 것으로 보일 것입니다. 내 눈에는 불꽃을 내며 타오르는 것들이 아직 성년이 되지 않은 여러분에게는 모호해 보이겠지요.

그렇다 하더라도, 여기서 책상으로 가로질러 가서 '여성과 픽션'이라는 제목이 쓰인 종이를 들어 올리며 생각했습니다만, 내가 여기에 쓰게 될 첫 번째 문장은 바로 글을 쓰는 사람이 자신의 성을 염두에 두면 치명적이라는 것입니다. 순전한 남성 또는 순전한 여성이 되는 것은 치명적입니다. 인간은 남성적 여성이거나 여성적 남성이어야 합니다. 여성이 어떤 불평을 조금이라도 강조하거나 정당한 것이라 하더라도 어떤 대의를 변호하는 것, 어떤 식이건 여성으로서의 의식을 가지고 말하는 것은 치명적인 일입니다. 여기서 '치명적'이란 비유적인 표현이 아닙니다. 의식적인 편향성을 가지고 쓰인 것은 필연적으로 살아남지 못하기 때문입니다. 그것은 비옥해질 수 없지요. 그런 작품은 당장 하루 이틀 동안은 빛나고 효과적이며 강력한 걸작처럼 보일지 모르나, 해 질 무렵이면 시들어 버립니다. 다른 사람의 마음속에서 자라날 수 없는 것이지요. 창조적 예술이 이루어질 수 있으려면 먼저 마음속에서 여성성과 남성성이 협력해야 합니다. 마음속에서 반대되는 성들이 결합하여 신방(新房)에 들어야 하지요. 작가가 자신의 경험을 온전히 충실하게 전달하고 있다는 느낌을 줄 수 있으려면 마음 전체가 활짝 열려 있어야 합니다. 자유가 있어야 하고 또 평화가 있어야지요. 바퀴가 삐걱거리거나 빛이 깜박거려서도 안 됩니다. 커튼을 완전히 내려야지요. 작가는 일단 자신의 경험이 끝나면 드러누워서 자기 마음이 어둠 속에서 결혼식을 거행하도록 두어야 합니다. 그는 어떤 일이 일어나고 있는지 보거나 질문을 던져서도 안 됩니다. 오히려 그는 장미 꽃잎을 따거나 백조들이 조용히 강물에 떠가는 것을 지켜보아야 합니다. 나는 다시 보트와 학부생과 낙엽을 싣고 가던 그 흐름을 보았습니다. 그리고 남자와 여자가 함께 길을 가로질러 오는 것을 마음속으로 보면서, 또 멀리서 들리는 런던의 혼잡한 차 소리를 들으며 생각했지요. 택시에 그들이 탔고 그 흐름이 그들을 휩쓸어 거대한 물결 속으로 실어 갔다고요.

자, 여기서 메리 비턴은 말을 멈추었습니다. 그녀는 픽션이나 시를 쓰려면 일 년에 500파운드의 돈과 문에 자물쇠를 채울 수 있는 방이 필요하다는 결론(평범한 결론이지요.)에 어떻게 도달하게 되었는지를 여러분에게 이야기했습니다. 자신으로 하여금 이런 결론을 끌어내도록 만든 생각과 인상들을 털어놓으려고 노력했지요. 그녀는 교구 관리의 손짓에 놀라 허둥거리고 이곳에서 점심 식사를 하고 저곳에서 저녁을 먹고 대영 박물관에서 낙서를 하거나 서가에서 책을 꺼내며 창밖을 내다본 자신의 행로에 동행해 달라고 여러분에게 요청했습니다. 그녀가 이러저러한 일을 하는 동안에 틀림없이 여러분은 그녀의 결함과 단점을 지켜보았을 것이고 이런 결함들이 그녀의 견해에 어떤 영향을 미쳤는지를 판단했을 것입니다. 여러분은 그녀의 의견에 반론을 제기하고 여러분 나름대로 덧붙이거나 추론했겠지요. 그것은 당연한 일입니다. 왜냐하면 이러한 문제에서 진실이란 여러 가지 그릇된 의견들이 모두 개진된 후에야 비로소 얻어질 수 있기 때문입니다. 이제 나는 여러분이 제기하지 않을 수 없을 정도로 명백한 두 가지 비판을 스스로 제기하면서 이 글을 끝낼 것입니다.

여러분은 두 성의 상대적인 장점, 더 나아가 작가로서 각 성이 지니는 장단점에 대한 견해가 피력되지 않았다고 지적하겠지요. 그것은 의도적인 것이었습니다. 왜냐하면 그러한 가치 평가를 할 수 있는 시대가 온다 하더라도 (각 성의 능력에 대한 이론을 체계화하는 것보다는 여성이 얼마나 돈을 벌고 있고 방을 몇 개나 가지고 있는지를 아는 것이 지금으로서는 훨씬 더 중요합니다.) 나는 마음의 재능이나 성격의 특징이 설탕과 버터처럼 무게를 잴 수 있는 것이라고 생각하지 않습니다. 사람들을 등급별로 나누어 머리에 제모(制帽)를 씌우고 그들의 이름에 칭호를 붙이는 데 숙련된 케임브리지 대학에서도 마찬가지입니다. 휘터커의 『연감』[52]에서 찾아볼 수 있는 계층 순위표도 궁극적인 가치 서열을 대변한다고 믿을 수는 없습니다. 또한 만찬회에 들어갈 때 바스 훈장을 단 지휘관이 정신 병원 원장보다 나중에 들어갈 거라고 상정하는 데도 납득할 만한 이유가 있다고 믿지 않습니다. 이와 같이 한 성을 다른 성에, 한 가지 자질을 다른 자질에 대립시키고 우월성을 주장하며 열등함을 전가하는 모든 행위들은 인간의 경험을 단계로 나누자면 사립 학교 단계에 속하는 것입니다. 그 단계에서는 '양편'이 있으며, 한편이 다른 편을 이겨야 하고, 연단에 올라가서 교장 선생님이 직접 주는 화려한 장식의 상배(賞盃)를 받는 일이 대

52 『휘터커의 연감(Whitaker's Almanack)』은 1868년부터 매년 발간되는 참고 서적으로서 클레오파트라의 오벨리스크와 더불어 타임캡슐에 보관될 정도로 지명도가 높다. — 옮긴이

단히 중요해 보이지요. 사람들은 점차 성장하면서 양편이라든가 교장 선생님 혹은 고도로 장식적인 상배를 믿지 않게 됩니다. 어쨌거나 책에 관한 한, 책의 장점을 기록한 꼬리표를 떨어지지 않게끔 붙이기가 어렵다는 것은 주지의 사실입니다. 현대 문학에 대한 평론들이 판단의 어려움을 끝없이 예시하고 있지 않습니까? 동일한 책이 '이 위대한 책' 또는 '이 무가치한 책'이라는 두 이름으로 불립니다. 칭찬은 비난과 마찬가지로 아무런 의미도 없습니다. 아니, 가치를 측정하는 것이 아무리 즐거운 소일거리라 하더라도 그것은 더없이 무익한 일이며, 가치를 측정하는 사람들의 규정에 복종하는 것은 가장 굴욕적인 태도입니다. 여러분이 쓰고 싶은 것을 쓰는 것, 그것만이 중요한 일입니다. 그 책이 몇 세대 동안 가치 있을지 아니면 단지 몇 시간 동안만 중요할지는 아무도 예측할 수 없습니다. 그러나 은 항아리를 들고 있는 교장 선생님이나 소매를 걷어붙이고 자를 든 어떤 교수님에게 경의를 표하기 위해서 당신의 비전을 머리카락 한 올만큼이라도, 그 빛깔의 미묘한 색조라도 희생시킨다면, 그것은 가장 비굴한 변절입니다. 이에 비교하면 인간에게 가장 큰 재앙이라 일컬어지는 재산과 정조의 희생은 그저 사소한 고통일 뿐이지요.

다음으로, 이 모든 논의에서 내가 물질의 중요성을 지나치게 강조했다며 여러분이 이의를 제기할 거라고 생각합니다. 연간 500파운드란 심사숙고할 수 있는 능력을 상징하며 문에 달린 자물쇠는 스스로 사고할 수 있는 능력을 의미한다는 식으로 폭넓게 상징적인 해석을 붙인다 하더라도, 마음은 그런 것들을 능가해야 하며 위대한 시인들은 종종 가난한 사람들이었다고 반박하겠지요. 그렇다면 시인이 되기 위해 무엇이 필요한지를 나보다 더 잘 아는 여러분의 문학 교수가 한 말을 인용하겠습니다. 아서 퀼러 쿠치 경은 다음과 같이 말합니다.[53]

"지난 백 년 동안의 위대한 시인들은 누구인가? 콜리지, 워즈워스, 바이런, 셸리, 랜더, 키츠, 테니슨, 브라우닝, 아널드, 모리스, 로제티, 스윈번 — 여기서 멈춰도 될 것이다. 이들 중에서 키츠와 브라우닝, 로제티를 제외하곤 모두 대학 출신이며, 이들 세 명 중 한창 젊은 나이에 목숨을 빼앗긴 키츠만이 유복하지 않은 유일한 시인이었다. 이런 말을 하는 것이 야만적이며 서글픈 일로 여겨질 것이다. 그러나 엄연한 사실로서, 시적 재능이 내키는 대로 바람처럼 불어 가서 빈자에게나 부자에게 똑같이 존재한다는 주장은 거의 진실성이 없다. 엄연한 사실로서, 이 열두 명 중에서 아홉 명이 대학 출신이었고, 이는 그들이 어떤 방식으로든 영국이 제공할 수 있는 최고 교육을 받을 수 있는 수단을 획득했다는 것을 의미한다. 또한 엄연한 사실로서, 나머지 세 명 중에서 브라우닝은 알다시피 유복했다. 만약 그가 유복하지 않았더라면 그는 『사울』이나 『반지와 책』을 쓰지 못했을 것이다. 마찬가지로 러스킨도 아버지의 사업이 번창하지 못했더라면 『현대 화가들』을 쓸 수 없었을 것이다. 로제티는 적지만 개인 수입이 있었으며, 게다가 그는 그림을 그렸다. 그중에 키츠만 남게 되는데 운명의 여신은 그가 젊을 때 그를 살해했다. 정신 병원에서 죽은 존 클레어나 낙심한 마음을 잠재우려고 상용한 아편으로 살해된 제임스 톰슨처럼 말이다. 이런 것들이 끔찍한 사실이긴 하지

53 아서 퀼러 쿠치 경, 『글쓰기의 기술』.

만 그것을 직시하기로 하자. 영국의 어떤 결함으로 인해서 요즈음뿐 아니라 과거 이백 년 동안에도 가난한 시인들은 아주 작은 기회조차 얻을 수 없었다는 것 — 한 국민으로서 우리에게 대단히 불명예스러운 일이긴 하지만 — 은 명백한 사실이다. 진심으로 말하건대 (나는 약 320개의 초등학교를 관찰하면서 족히 십 년을 보냈다.) 우리는 입으로는 민주주의에 대해 말하지만, 실제로 영국의 가난한 집 아이들은 위대한 작품을 산출하는 지적 자유로 해방될 희망이 아테네 노예의 아들만큼이나 없는 것이다."

어느 누구도 이 점에 대해 이보다 명료하게 표현할 수 없을 겁니다. "요즈음뿐 아니라 과거 이백 년 동안에도 가난한 시인들은 아주 작은 기회조차 얻을 수 없었다. ……영국의 가난한 집 아이들은 위대한 작품들을 산출하는 지적 자유로 해방될 희망이 아테네 노예의 아들만큼이나 없는 것이다." 바로 그것입니다. 지적 자유는 물질적인 것들에 달려 있습니다. 시는 지적 자유에 달려 있지요. 그리고 여성은 그저 이백 년 동안이 아니라 역사가 시작된 이래로 언제나 가난했습니다. 여성은 아테네 노예의 아들보다도 지적 자유가 없었습니다. 그러니 여성에게는 시를 쓸 수 있는 일말의 기회도 없었던 거지요. 이러한 이유로 나는 돈과 자기만의 방을 그토록 강조한 것입니다. 하지만 우리에게 좀 더 많이 알려지기를 바라는 과거 무명 여성들의 노고 덕분에, 그리고 신기하게도 두 차례의 전쟁 덕택으로, 즉 플로렌스 나이팅게일을 거실에서 뛰쳐나오게 했던 크림 전쟁과 약 육십 년 후 평범한 여성들에게도 문을 열어 준 유럽 전쟁으로 인해 이러한 해악은 개선되고 있습니다. 그렇지 않았더라면 여러분은 오늘 밤 여기 모일 수 없었을 것이며, 여러분이 연간 500파운드를 벌 수 있는 기회는, 유감스럽게도 지금도 불확실하긴 하지만, 극히 적었을 것입니다.

하지만 여성이 책을 쓰는 작업에 왜 그렇게 중요성을 부여하느냐고 여러분은 의문을 제기하겠지요. 내가 말한 바에 따르면, 책을 쓰는 작업은 엄청난 노력을 요구하고 어쩌면 숙모를 살해하기에 이를지도 모르며 거의 틀림없이 오찬 모임에 늦게 하고 아주 훌륭한 사람들과 무척 심각한 논쟁을 벌이도록 할 텐데 말이죠. 스스로 인정하지만, 내 동기는 부분적으로는 이기적인 것입니다. 대다수 교육받지 못한 영국 여성들처럼 나도 책 읽기를 — 대량으로 읽기를 — 좋아합니다. 최근에 나의 식단은 약간 단조로웠지요. 역사는 전쟁에 관해서 너무 많이 다뤘고 전기는 위인들에 관한 것이 너무 많았습니다. 내 생각에, 시는 빈곤해지는 경향을 드러냈고 소설은 — 그러나 현대 소설의 비평가로서 나의 무능함이 충분히 노출되었을 테니까 그것에 대해서는 더 이상 이야기하지 않겠습니다. 그러므로 나는 여러분에게 아무리 사소하고 아무리 광범위한 주제라도 망설이지 말고 어떤 종류의 책이라도 쓰기를 권하고 싶습니다. 무슨 수를 써서라도 여행하고 빈둥거리며 세계의 미래와 과거를 성찰하고 책을 읽고 공상에 잠기며 길거리를 배회하고 사고의 낚싯줄을 강 속에 깊이 담글 수 있기에 여러분 스스로 충분한 돈을 소유하게 되기 바랍니다. 나는 여러분을 픽션에만 한정하는 것이 결코 아니니까요. 여러분이 나를 (나와 같은 사람이 수천 명이나 있지요.) 즐겁게 해주고 싶다면, 여러분은 여행과 모험에 관한 책, 연구서와 학술서, 역사와 전기, 비평과 철학, 과학에 대한 책들을 쓸 것입니다. 그렇게 함으로써 여러분은 틀림없이 픽션 기법에 도움을 주겠지요. 책이란 서로에게 영향을 미치지 않을 수 없으니까요. 픽션이 시나 철학과 뺨이 닿을 정도로 가까워지면 훨씬 나아질 것입니다. 게다가 사포와 무라사키 부인[54], 에밀리 브론테와 같은 과거의 위대한 인물들을 생각해 보면, 그들은 창시자인 동시에 계승자이며, 여성이 자연스럽게 글을 쓰는 습관을 가졌기 때문에 그들이 존재하게 되었음을 알게 될 것입니다. 그러므로 시를 위한 전주곡으로라도 여러분의 그러한 행위는 무한한 가치를 가지게 될 것입니다.

그러나 내가 쓴 이 기록을 돌이켜 보고 내 사고의 궤적을 비판해 볼 때, 나의 동기가 전적으로 이기적이지만은 않았음을 깨닫게 됩니다. 이 논평들과 산만한 추론들 사이에는 어떤 확신 — 또는 어떤 본능이라고 할까요? — 이 흐르고 있습니다. 즉 좋은 책이란 바람직한 것이며, 좋은 작가들은 비록 그들이 인간적으로는 갖가지 타락상을 드러낸다 하더라도 좋은 인간들이라는 것입니다. 그러므로 내가 여러분에게 더 많은 책을 쓰라고 권하는 것은 여러분 자신에게 그리고 세계 전반에 도움이 될 일을 하라고 촉구하는 것입니다. 이러한 본능 또는 믿음을 어떻게 정당화할 수 있을지 모르겠습니다. 철학적 용어들은 대학에서 교육을 받지 못한 사람을 기만하기 쉬우니까요. '리얼리티'란 무엇을 의미할까요? 그것은 일정치 않은 어떤 것, 다분히 의존할 수 없는 어떤 것으로 보일 겁니다. 때로 먼지투성이의 길에서, 때로는 거리에 떨어진 신문 조각에서, 때로 햇빛을 받고 있는 수선화에서 리얼리티를 발견할 수 있겠지요. 그것은 또한 방에 있는 한 무리의 사람들을 비

54 『겐지 이야기』를 쓴 고대 일본의 여성 작가. — 옮긴이

춰 주고, 어떤 우연한 말 한마디에도 강한 인상을 받도록 합니다. 그것은 별빛 아래에서 집으로 돌아가는 누군가를 압도하여 그 고요한 세계를 대화의 세계보다 더 리얼한 것으로 만들어 줍니다. 그리고 또 그것은 떠들썩한 피커딜리가의 버스 안에도 존재하지요. 때로 그것은 너무 멀리 떨어져 있어서 그 본질이 무엇인지 식별할 수 없는 형체들 속에 머무르는 듯합니다. 그러나 리얼리티가 손대는 것은 무엇이든지 고정되고 영원해집니다. 그것이야말로 하루의 껍질이 울타리 밖으로 던져질 때 뒤에 남는 것이고, 지나간 시간과 우리의 사랑과 증오에서 남는 것입니다. 내가 생각하는 바로는, 이제 작가들은 다른 사람들보다 더욱 풍부하게 이러한 리얼리티 속에서 생활할 기회를 갖게 됩니다. 리얼리티를 찾아내어 수집하고 그것을 여타의 사람들에게 전달하는 것이 작가의 의무이지요. 『리어 왕』, 『에마』 또는 『잃어버린 시간을 찾아서』를 읽으며 나는 최소한 그렇게 결론을 내립니다. 이런 책들을 읽고 나면 감각 기관이 신기한 개안 수술을 받은 듯 그 이후로는 사물이 더욱 강렬하게 보이지요. 세상은 그 덮개를 벗고 더욱 강렬한 삶을 드러내는 듯합니다. 리얼하지 않은 것과 반목하며 사는 사람은 부러워할 만한 사람들입니다. 반면 알지도 못하고 관심도 없는 일로 뒤통수를 얻어맞는 사람은 불쌍한 사람들입니다. 그러므로 내가 여러분에게 돈을 벌고 자기만의 방을 가지기를 권할 때, 나는 여러분이 리얼리티에 직면하여 활기 넘치는 삶을 영위하라고 조언하는 겁니다. 여러분이 그런 삶을 나눠 줄 수 있건 그렇지 않건 말이지요.

나는 여기서 멈추고 싶지만, 모든 강연은 결론을 맺고 끝내야 한다는 관습적 명령이 압력을 가하는군요. 여성들을 대상으로 한 강연에서 결론이란, 여러분도 동의하겠지만, 특히 여성들의 용기를 북돋고 고양시키는 무엇인가가 있어야겠지요. 나는 여러분에게 더욱 고귀하고 더욱 정신적인 여러분의 임무를 기억하라고 간청해야 할 것입니다. 또 여러분에 의존하고 있는 것이 얼마나 많은지, 여러분이 미래에 어떤 영향력을 발휘할 수 있는지 상기시켜야겠지요. 그러나 이런 권고들은 다른 성의 몫으로 안전하게 남겨 두겠습니다. 그들은 내가 구사할 수 있는 것보다 훨씬 유창한 웅변으로 그것을 표현할 것이고 실제로 그렇게 해 왔으니까요. 내 마음속을 샅샅이 뒤져 보아도, 나는 남성의 동료라든가 남성과 대등한 사람이 되고자 하는 고귀한 감정을 찾을 수 없고 더 높은 목적을 위해 세상에 영향을 끼치려는 생각도 없습니다. 나는 그저 다른 무엇이 아닌 자기 자신이 되는 것이 훨씬 중요한 일이라고 간단하게 그리고 평범하게 중얼거릴 뿐입니다. 다른 사람에게 영향을 미치겠다는 생각은 꿈도 꾸지 마시오, 하고 나는 말할 겁니다. 그 말을 고귀하게 들리게끔 표현할 수 있다면 말이지요. 오로지 사물을 그 자체로 생각하십시오.

나는 신문과 소설, 전기들을 띄엄띄엄 읽으면서, 여성이 다른 여성에게 이야기할 때 그녀의 소매에 어떤 불쾌한 것을 숨겨 두고 있다는 통념을 또다시 생각하게 되었지요. 여성은 여성에게 가혹합니다. 여성은 여성을 싫어하지요. 여성은 — 그런데 여러분은 그 단어에 진절머리가 나지 않습니까? 나는 그렇다고 단언할 수 있습니다. 그러니 한 여성이 다른 여성에게 읽어 주는 강연문은 특히 불쾌한 이야기로 끝나야 한다는 점에 동의하도록 합시다.

그러나 어떻게 해야 할까요? 내가 무엇을 생각할 수 있을까요? 사실은, 나는 종종 여성을 좋아합니다. 나는 그들의 비관습성을 좋아합니다. 그들의 예민함을 좋아하고 그들의 익명성을 좋아하지요. 나는 또 — 하지만 이런 식으로 계속해서는 안 되겠지요. 저기 있는 벽장에 — 여러분은 그 안에 깨끗한 식탁보만 들어 있다고 말씀하시는데요, 만약 아치볼드 보드킨 경[55]이 그 안에 숨어 있다면 어찌 될까요? 그러므로 좀 더 엄격한 논조를 띠겠습니다. 내가 앞에서 남성들의 경고와 책망을 충분히 여러분에게 전달했습니까? 오스카 브라우닝 씨가 여러분을 상당히 저급하게 평가했다는 것을 말씀드렸지요? 나폴레옹은 예전에 여러분에 대해서 어떻게 생각했는지, 무솔리니는 지금 어떻게 생각하는지를 지적했습니다. 그리고 여러분이 픽션을 쓰고자 열망하는 경우에 여러분에게 도움이 되도록 여러분의 성의 한계를 용감하게 인정하라는 비평가의 충고를 인용했지요. X 교수를 언급했고, 여성은 지적으로, 도덕적으로, 신체적으로 남성보다 열등하다는 그의 진술을 각별히 제시했습니다. 굳이 찾으러 다니지 않아도 나에게 흘러들어 온 모든 진술을 여러분에게 건네주었습니다. 여기 마지막 경고가 남아 있습니다. 존 랭던 데이비스 씨가 보낸 것이지요.[56] 존 랭던 데이비스 씨는 "아이가 전적으로 바람직하지 않은 나이가 될 때, 여성도 전적으로 필요하지 않은 존재가 된다."라고 여성들에게 경고합니다. 여러분이 이것을 기록해 두기 바랍니다.

여러분에게 자신의 일에 매진하라고 이 이상으로 격려할

55 래드클리프 홀의 소설 『고독의 우물』을 기소한 검찰국장. — 옮긴이

56 존 랭던 데이비스, 『여성사 개요』.

수 있을까요? 젊은 여성들이여, 결론이 나오고 있으니 집중해 주십시오, 하고 말하겠습니다. 내 생각으로는, 여러분은 수치스러울 정도로 무지합니다. 여러분은 어떤 종류든 중요한 것을 발견한 적이 한 번도 없습니다. 여러분은 제국을 뒤흔들거나 군대를 전투로 이끈 적도 없습니다. 세익스피어의 희곡은 여러분이 쓴 것이 아니며, 여러분은 야만인들에게 문명의 축복을 전달하지도 않았습니다. 여러분은 무어라고 변명할 겁니까? 여러분은 교역과 기업 또는 사랑놀이에 바쁘게 몰두하고 있는 흑인, 백인, 커피색 피부의 주민들로 꽉 차 있는 지구의 거리와 광장과 숲을 가리키면서 우리는 다른 일을 책임지고 있었다고 말하겠지요. 우리가 일하지 않았더라면 대양을 횡단하는 일도 없었을 것이고 이 비옥한 땅들은 황무지였을 거라고요. 통계에 따르면 현재 존재하는 16억 2300만의 인간들을 우리가 낳았고 어쩌면 예닐곱 살까지 기르고 씻기며 가르쳤습니다. 누군가의 도움을 받았다 하더라도, 그 일은 상당한 시간이 걸리는 것입니다.

여러분의 말에는 진실이 담겨 있습니다. 나는 그것을 부정하려는 것이 아닙니다. 그러나 동시에 나는 여러분에게 상기시켜 드릴 것입니다. 1866년 이래 영국에는 여성을 위한 대학이 적어도 두 곳 존재해 왔으며, 1880년 이후에는 기혼 여성이 자신의 재산을 소유하도록 법적으로 허용되었고, 1919년 — 꼭 구 년 전의 일인데 — 에 여성은 투표권을 얻게 되었다는 것을 말입니다. 또한 대부분의 전문직이 여러분에게 개방된 지 대략 십 년 정도 되었다는 사실을 상기시켜 드릴까요? 여러분이 이 막대한 특권들과 그것들을 누릴 수 있었던 기간을 곰곰이 생각해 보고, 이 순간에도 이러저러한 방법으로 연간 500파운드 이상을 벌 수 있는 여성이 약 이만여 명 있다는 사실을 숙고해 본다면, 기회가 부족하고 훈련이나 격려를 받지 못했으며 여유와 돈이 없다는 변명은 더 이상 유효하지 않다는 사실에 동의할 겁니다. 게다가 경제학자들은 시턴 부인이 아이를 너무 많이 낳았다고 말합니다. 물론 여러분도 계속 아이를 낳아야겠지요. 하지만 그들이 말하기로는 열이나 열두 명이 아니라 둘이나 셋이어야 한다는군요.

그리하여 여러분의 손에 남게 된 시간과 여러분의 두뇌에 쌓인 학식으로 (내가 느끼기로는, 여러분은 다른 종류의 지식은 충분히 가지고 있기 때문에, 부분적으로 탈교육화되기 위해서 대학에 보내집니다.) 분명 여러분은 매우 길고 무척 고되며 대단히 미천한 경력의 또 다른 단계에 착수해야 합니다. 여러분이 무엇을 해야 하고 어떤 영향력을 가져야 할지를 제시해 주려고 수천 개의 펜이 대기하고 있습니다. 나의 제안은 약간 환상적이라는 것을 스스로 인정합니다. 그러므로 픽션의 형식으로 그것을 표현하는 것이 더욱 좋겠지요.

이 강연의 중간에서 셰익스피어에게 누이가 있었다고 여러분에게 말했지요. 그러나 시드니 리 경의 시인전(傳)에서 그녀를 찾지 마십시오. 그녀는 젊어서 죽었고, 슬프게도 글 한 줄 쓰지 못했습니다. 그녀는 지금 엘리펀트 앤 캐슬 맞은편 버스가 정류하는 곳에 묻혀 있지요. 이제 나의 신념은 글 한 줄 쓰지 못한 채 교차로에 묻힌 이 시인이 아직 살아 있다는 것입니다. 그녀는 여러분 속에 그리고 내 속에, 또 오늘 밤 설거지하고 아이들을 재우느라 이곳에 오지 못한 많은 여성들 속에 살아 있습니다. 그녀는 살아 있지요. 위대한 시인은 죽지 않으니까요. 그들은 계속되는 존재들입니다. 그들은 우리 속으로 걸어 들어와 육체를 갖게 될 기회를 필요로 할 뿐입니다. 이제 여러분의 힘으로 그녀에게 이런 기회를 줄 수 있는 가능성이 커지고 있습니다. 우리가 앞으로 백 년 정도 살게 되고 (우리가 개인으로 살아가는 각자의 짧은 인생이 아니라 진정한 삶이라 말할 수 있는 공동의 생활을 언급하는 겁니다.) 각자가 연간 500파운드와 자기만의 방을 가진다면, 그리고 우리가 스스로 생각하는 것을 정확하게 표현할 수 있는 용기와 자유의 습성을 가지게 된다면, 우리가 공동의 거실에서 조금 탈출하여 인간을 서로에 대한 관계에서만이 아니라 리얼리티와 관련하여 본다면, 그리고 하늘이건 나무이건 그 밖의 무엇이건 간에 사물을 그 자체로 보게 된다면, 아무도 시야를 가로막아서는 안 되므로 밀턴의 악귀를 넘어서서 볼 수 있다면, 매달릴 팔이 없으므로 홀로 나아가야 하고 남자와 여자의 세계만이 아니라 리얼리티의 세계와 관련을 맺고 있다는 사실 — 그것이 사실이므로 — 을 직시한다면, 그때에 그 기회가 도래하고 셰익스피어의 누이였던 그 죽은 시인이 종종 스스로 내던졌던 육체를 걸치게 될 것입니다. 그녀의 오빠가 그러했듯이, 그녀는 선구자들이었던 무명 시인들의 삶에서 자기 생명을 이끌어 내며 태어날 것입니다. 그러한 준비 작업 없이, 우리 편에서 그런 노력을 기울이지 않고, 그녀가 다시 태어날 때 그녀가 살아갈 수 있고 자신의 시를 쓸 수 있다고 느끼게끔 만들겠다는 결단 없이, 그녀가 출현할 것을 기대할 수는 없습니다. 그것은 불가능하니까요. 그러나 우리가 그녀를 위해 일한다면 그녀가 출현하리라는 것과 비록 가난한 무명인의 처지에서라도 그것을 위해 일하는 것은 가치 있는 일이라고 단언합니다.

옮긴이
이미애

현대 영국 소설 전공으로 서울대학교 영문학과에서 박사 학위를 받았고 같은 대학교에서 강사 및 연구원으로 활동했다. 조지프 콘래드, 존 파울즈, 제인 오스틴, 카리브 지역의 영어권 작가들에 대한 논문을 썼고, 옮긴 책으로는 버지니아 울프의 『자기만의 방』과 『등대로』, 조지 엘리엇의 『아담 비드』, J. R. R. 톨킨의 『호빗』, 『반지의 제왕』(공역), 『위험천만 왕국 이야기』, 『톨킨의 그림들』, 토머스 모어의 서한집 『영원과 하루』, 리처드 앨틱의 『빅토리아 시대의 사람들과 사상』 등이 있다.

자기만의 방

1판 1쇄 펴냄 2016년 11월 25일
1판 20쇄 펴냄 2024년 9월 20일

지은이 버지니아 울프
옮긴이 이미애
발행인 박근섭, 박상준
펴낸곳 (주)민음사

출판등록 1966. 5. 19. 제16-490호
서울특별시 강남구 도산대로1길 62(신사동)
강남출판문화센터 5층 06027
대표전화 02-515-2000 팩시밀리 02-515-2007
www.minumsa.com

ISBN 978 89 374 2904 0 04800
ISBN 978 89 374 2900 2 (세트)

쏜살

너는 갔어야 했다 다니엘 켈만 | 임정희 옮김
무용수와 몸 알프레트 되블린 | 신동화 옮김
호주머니 속의 축제 어니스트 헤밍웨이 | 안정효 옮김
밤을 열다 폴 모랑 | 임명주 옮김
밤을 닫다 폴 모랑 | 문경자 옮김
책 대 담배 조지 오웰 | 강문순 옮김
세 여인 로베르트 무질 | 강명구 옮김
시민 불복종 헨리 데이비드 소로 | 조애리 옮김
헛간, 불태우다 윌리엄 포크너 | 김욱동 옮김
현대 생활의 발견 오노레 드 발자크 | 고봉만·박아르마 옮김
나의 20세기 저녁과 작은 전환점들 가즈오 이시구로 | 김남주 옮김
장식과 범죄 아돌프 로스 | 이미선 옮김
개를 키웠다 그리고 고양이도 카렐 차페크 | 김선형 옮김
정원 가꾸는 사람의 열두 달 카렐 차페크 | 김선형 옮김
죽은 나무를 위한 애도 헤르만 헤세 | 송지연 옮김
도리언 그레이의 초상 1890 오스카 와일드 | 임슬애 옮김
아서 새빌 경의 범죄 오스카 와일드 | 정영목 옮김
질투의 끝 마르셀 프루스트 | 윤진 옮김
상실에 대하여 치마만다 응고지 아디치에 | 황가한 옮김
납치된 서유럽 밀란 쿤데라 | 장진영 옮김
모든 열정이 다하고 비타 색빌웨스트 | 임슬애 옮김
수많은 운명의 집 슈테판 츠바이크 | 이미선 옮김
기만 토마스 만 | 박광자 옮김
베네치아에서 죽다 토마스 만 | 박동자 옮김
팔뤼드 앙드레 지드 | 윤석헌 옮김
새로운 양식 앙드레 지드 | 김화영 옮김
노인과 바다 어니스트 헤밍웨이 | 김욱동 옮김
단순한 질문 어니스트 헤밍웨이 | 김욱동 옮김
겨울 꿈 F. 스콧 피츠제럴드 | 김욱동 옮김
위대한 개츠비 F. 스콧 피츠제럴드 | 김욱동 옮김
밀림의 야수 헨리 제임스 | 조애리 옮김
너와 세상 사이의 싸움에서 프란츠 카프카 | 홍성광 옮김
마음의 왕자 다자이 오사무 | 유숙자 옮김
강변의 조문객 메리 셸리 | 정지현 옮김